水恋 SUIREN

喜多嶋 隆

角川文庫
15562

目次

1　海へ

人生で最後の食事が、ハンバーガーとは……。

僕は、胸の裡《うち》で苦笑していた。食べ終わったハンバーガーの包み紙を、丸める。プラスチック製のトレイの上に、ぽんと置いた。

正午少し前。JR逗子《ずし》駅前にあるマクドナルド。その、カウンター席に、腰かけていた。ゆるい曲線を描いたカウンター席。シンプルなハンバーガーを食べ終わったところだった。少しぱさついた挽《ひ》き肉の味が、口の中に残った。僕は、アイスコーヒーをストローで飲む。挽き肉の味を口から流し去った。それは、食事というよりは、一つの仕事のようだった。

プログラム終了。次をクリック。

僕は、立ち上がる。トレイの上のものを、ゴミ入れに捨てる。トレイを、ゴミ入れの上に置く。デイパックを肩にかけ、店を出た。明るい春の陽射しに、眼を細めた。ふり向く。店のガラスに、自分が映っている。身長一八三センチ。痩《や》せ型。薄茶のチノパン。N《ニュー》・バランスのランニング・シューズ。ナイキのマークが胸に入った綿のパーカー。そんな服装のせいで、実際の三八歳より少し若く見える。これから死にに行く人間には見えないだろう。

トーンの高い声がきこえた。女子高生らしい制服の三人が、歩いてくる。彼女達は、しゃべり、同時に笑い、同時に仲間の肩を叩《たた》いていた。三人とも、制服のスカートをたくし上げている。太ももを大胆に見せている。四月なのでまだ陽灼《ひや》けしていない白い太ももが、つやつやと輝いている。僕は、目をそらした。彼女達の脚に、エロティックな妄想を抱いたわけではない。逆だ。その逞《たくま》しい生命力のようなものに、気圧《けお》されたらしい。僕は、ゆっくりと歩き出した。

駅前のロータリーに行く。京浜《けいひん》急行の路線バスが、ここを始発に何路線も出ている。僕は、そんなバス停のひとつに歩いていった。会社の保養施設に行く時に、何回か乗ったことのある路線だった。

バスは、ちょうど来ていた。乗り込む。平日なのですいていた。窓ぎわのシートに腰かけると、すぐに発車した。

京急新逗子駅前で、四、五人の客が乗ってきた。バスは、逗子の街を出る。葉山《はやま》に入った。やがて、葉山御用邸の前のT字を左折した。

しばらく走ると、長者ヶ崎《ちょうじゃがさき》が近づいてくる。右側に、海が見えてきた。松の木ごしに見える海は、にぶい銀色に光っている。長者ヶ崎を過ぎると、右側に水平線が拡がった。沖には、釣り船が、ぽつりぽつりと浮いている。バスは、三《み》浦《うら》半島を南下して、のんびりと走っていく。

やがて、僕のおりるバス停が近づいてきた。

そのバス停でおりたのは、僕ひとりだった。

海沿いの小さな町、というより村。そんな場所だ。バス停から、海は見えない。僕をおろしたバスは、ゆっくりと動き出す。遠ざかっていった。僕は、デイパックを肩にかけなおす。海岸に向かう道を、歩きはじめた。

ゆるい下り坂だった。車がやっとすれ違えるぐらいの道幅だった。ところどころに、民家がある。その一軒の縁側では、茶色い猫が陽を浴びて寝ている。

やがて、道は砂浜に出た。二、三〇〇メートルの長さの、弓形の砂浜だ。今日、風は弱い。波も、ほとんど立っていない。さざ波が、平らな砂浜を洗っていた。真夏なら、海水浴をしている人間も、多少はいるのだろう。けれど、いま、砂浜に人の姿はない。

舗装された道路がとぎれたところに、一軒の二階家があった。かなり古びた木造、モルタルづくりの家だ。家の壁には、これも古びた看板があり、〈貸しボート〉と描《か》かれていた。ペンキがはがれて、〈し〉の文字が消えかかっている。〈貸 ボート〉。これでも、用はたりる。僕は、かすかに苦笑していた。

家の一階は、いちおう、店になっている。アルミサッシの出入口。ガラスばりの出入口に、中から貼り紙がしてある。〈釣り具〉〈釣りエサ〉と描かれている。その貼り紙も、陽灼けし、黄ばんでいる。すべて、一年前のままだ。

僕は、店に歩いていく。片開きの出入口を、ゆっくりと開けた。

店の中も、変わっていなかった。床はコンクリート。せいぜい、六畳間ぐらいの広さだ。片側の壁には、釣り具が並んでいる。といっても、たいした量ではない。手漕《てこ》ぎボートの釣りで使うような、小物用の道具だ。白ギス釣りや、カワハギ釣りの仕掛け。重り。テンビンなど。逆側には、冷蔵ケースがある。腰の高さぐらいの冷蔵ケース。ここには、確か、釣りエサが入っている。

そして、店の奥。小さなデコラ貼りのテーブルと、イスがある。古びたイスには、それに似つかわしいじいさんが座っていた。背中を丸め、テーブルにひろげた新聞を読んでいた。

じいさんは、出入口の開いた音に気づいたらしく、顔を上げた。ずり下がりかけていた老眼鏡をちょっと上げて僕を見た。

「あの……ボート、貸してもらいたいんだけど……」

僕は言った。じいさんは、かすかにうなずいた。

「そりゃいいが、いまからか……」

と言った。壁の時計は、もう一時過ぎをさしている。そして、時計のわきには、〈貸しボート　一日3500円〉と描いた紙が貼ってある。

「あの……料金なら、一日分払うから……」

僕は言った。じいさんは、のろのろとした動作で立ち上がる。

「……いや、いまからなら、二千円でかまわんよ」

と言った。それはともかく、僕のことを覚えてはいないようだった。ほぼ一年前の春、僕はこの近くにある会社の保養施設に来ていた。連日のハードワークから逃れるように、二日間の休みをとった。そして、保養施設で過ごした。その時、ここでボートを借りて、釣りをした。

もう一年前のことだ。じいさんが覚えていないのが当たり前だった。

じいさんは、僕の様子を見て、

「道具は？」

と訊《き》いた。

「……釣り竿《ざお》は、貸してもらえるんだよね」

僕は言った。壁には、〈貸し竿　一日300円〉と描かれた紙が貼ってある。五、六本の釣り竿が、壁に立てかけてあった。一年前に来た時も、釣り竿は借りた。じいさんは、うなずき、

「どれでも好きな竿を持っていきな」

と言った。僕は、壁ぎわに行く。並んでいる貸し竿を見た。ボートで小物を釣るための竿。どれでもよかった。釣りをするためではなく、死ぬために来たのだから……。けれど、それに気づかれてはまずい。僕は、釣り竿の一本を手にとった。小型のスピニング・リールがついている。かなり使い込んである。

僕は、仕掛けも見た。いちおう、釣りをするふりをしなければならない。いまは、四月中旬。ボート釣りでやるとすれば、白ギス釣りが普通だろう。キス釣りの仕掛けを見た。〈阿部式競技用キス8号〉というのがある。二本鉤《ばり》のついた仕掛けが三セット、パッケージされている。確か一年前も、これで釣りをしたことを思い出した。

僕は、その仕掛けを手にとった。そして、片テンビンを二本。10号の重りを二個。それをとって、テーブルの上に置いた。じいさんは、それを見る。

「これだけでいいの？　根がかりしたら、仕掛けや重り、すぐとられるよ」

と言った。

「いや……ほんの、遊びだから……」

と僕。じいさんは、〈まあ、いいや〉という表情で、うなずいた。そして、冷蔵ケースを開けた。中から、プラスチックのパッケージを一個とり出した。

「はい、エサのジャリメ」

と言った。テーブルに置く。これで、キス釣りの用意はできた。僕は、デイパックから、財布を出した。じいさんは、テーブルの上の仕掛けやエサを見る。口の中で、何かぶつぶつと言っている。どうやら、暗算しているらしい。そして、金額を言った。貸しボートの代金二千円と仕掛け、エサで、三千円たらずだった。僕は、財布から千円札を三枚とり出した。

「おつりは、いいよ」

と言った。ところが、

「そうはいかんよ」

と、じいさんは言った。店のすみにあるレジスターを開ける。おつりの小銭を出した。僕に渡した。じいさんは、もそもそと何か探している。釣り糸を切るための小さなハサミ。

小型のポリバケツ。使い込んだ、ボロ布のようなタオルなどを出してきた。これも、一年前と同じだった。

道具を持つと、僕とじいさんは店を出た。

コンクリートの石段を五段ほどおりると、砂浜だった。石段と波打ちぎわのまん中あたりに、ボートがある。やや黄ばんだFRP製のボートが六、七艘《そう》。腹を上にして、伏せたようなかたちで並んでいる。

その一番端のボートに、じいさんは手をかけた。僕も手伝って、ボートを反転させる。腹を下側にした。じいさんは、近くに置いてあったオールと錨《アンカー》を、ボートに乗せた。アンカーには、細めのロープがついていた。

「やり方は、わかるよな」

と、じいさん。僕は、うなずいた。ボートの中に、デイパックや釣り道具などを置いた。

「あ、そうそう」

じいさんは言った。一度、店にとってかえす。一枚の紙きれを持ってきた。僕にさし出した。このあたりのポイントを印刷したものだった。白い紙きれに、手描きのポイント図が印刷されていた。どうやら、じいさん本人が描いたポイント図らしい。

半円形の、小さな湾のようになっている海。南側には、小さな漁港がある。船を波から守るための防波堤が、突き出している。そのあたり一帯のポイントが描かれていた。

全体には、砂地。そして、ところどころに根があるように描かれている。砂地には、〈白ギス〉という文字が書かれている。根の近くには、〈カワハギ〉〈カサゴ〉〈メバル〉と書かれている。漁港に近いところの根の近くには、〈小アジ〉とも書かれていた。

僕は、いちおう、そのポイント図を受け取る。たたんでパーカーのポケットに入れた。

じいさんが、ボートを海に向かって押しはじめた。僕も一緒になってボートを押す。僕は、中学、高校と陸上をやっていたので、三十代後半になったいまも、足腰は、かなりしっかりしている。もともと軽いFRP製のボートは、砂の上を滑っていく。すぐ、波打ちぎわに着いた。ひと押しすると、ボートは水に浮かんだ。僕は、ひょいとボートに乗った。ぐらりと揺れるボートの中に腰かけた。両手でオールを握った。

「五時までに戻って！」

と、じいさんが叫んだ。僕は、うなずく。オールを握りなおす。ゆっくりと、漕ぎはじめた。

ボートを漕ぐのは、一年ぶりだ。はじめは、ぎこちなかった。ボートが、まっすぐに進まない。けれど、すぐに慣れた。ボートは、まっすぐに進むようになった。波打ちぎわでは、じいさんが突っ立って見ている。

僕は、ゆっくりと、一定のペースでボートを漕ぐ。高校生だった頃、一万メートルを走っていた時のように。

一〇分近く、漕いだろうか。砂浜が、だいぶ遠くなった。僕は、漕ぐ手を止めた。あたりを見渡した。見える範囲に船はいない。漁港が、ほぼ真横に見える。このあたりでいいだろう。

僕は、ボートの中にあるアンカーを手にとった。ステンレスの棒を曲げてつくったような、小型のアンカーだった。けれど、この小さなボート用には、これで充分なのだろう。アンカーには、それに見合った細めのロープがついていた。

僕は、アンカーを海に入れた。手をはなすと、アンカーは海中に沈んでいく。ロープが、するすると出ていく。すぐに、止まった。その感じからすると、ここの水深は五、六メートルだろう。深くはない。が、溺《おぼ》れ死ぬには充分だ。

アンカー・ロープは、たるんだままだ。風がまったくないので、ボートが流される様子はない。僕は、砂浜の方を見た。じいさんは、砂浜に並べたボートに腰かけている。のんびりと煙草をふかしている。

いま、僕が水に飛び込んだら、じいさんがすぐに助けを呼んでしまうだろう。それは、まずい。しばらく、釣りをしているふりをしなければならない。そうしているうちに、じいさんも店に戻っていくだろう。

僕は、釣りの準備をはじめた。やり方は、わかっていた。部活でやっていた陸上競技を別にすると、僕にとって、趣味らしいものといえば釣りぐらいだ。特に十代の頃は、わりとよく釣り竿を握ったものだった。

そんなことを思いながら、僕は釣りのしたくをしていく。リールから引き出した糸を、釣り竿のガイドに通す。糸の先に、片テンビンを結びつけた。テンビンの下端に、重りをつける。そして、テンビンの先に、二本鉤の仕掛けをつけた。これで、完了。あとは、エサをつけるだけだ。

ジャリメの入ったプラスチックのパッケージを開ける。文字通り細かい砂利《ジャリ》と、ジャリメが入っている。ジャリメは、たとえればミミズに似ている。それを一匹つかむ。ヌルヌルと滑りやすいので、じいさんが貸してくれたボロ布のようなタオルに押しつけ、釣り鉤に刺す。

二本の鉤に、ジャリメを刺し終わる。僕は、仕掛けを海に入れた。リールをフリーにして、仕掛けをおろした。エサのついた仕掛けは、海中に沈んでいく。

しばらくすると、糸が出ていくのが止まる。糸がゆるんだ。仕掛けが、底に着いたらしい。僕は、ゆっくりとリールを巻く。糸のたるみをとる。釣り竿の先が、少し曲がるまで糸を巻いた。

これで、魚がかかれば、竿先に当たりが出る。白ギスでもかかれば、竿先がツッツッと細かく動くはずだ。僕は、ごく自然に竿先を見つめていた。そして、苦笑していた。もうすぐ死のうとしているのに、思わず竿先を見つめている自分が、おかしかった。

陸の方を見た。じいさんは、まだ、砂浜にいた。さっきと同じように、ボートに腰かけている。のんびり、陽を浴びている。今日は風もなく、気温も高い。昼下がり、のんびり陽を浴びていたい気持ちもわかる。

仕方ない。僕は、しばらく釣り竿を握っていることにした。

竿を握りなおす。かすかに上下している釣り竿の先を見つめた。そうしているうちに、ふと、十代だった頃を思い出していた。

僕が住んでいたのは、東京の大田区だ。自転車で少し走れば、東京湾に出られる所だった。たとえば土曜や日曜の午後……。岸壁で釣り竿を握っていたものだった。あの頃は、何が釣れたのだろう……。ハゼ。海タナゴ。ボラの子供、確かイナと呼んでいた……。それ以上は、思い出せない。

遅い午後の岸壁。あまりきれいではない東京湾の海。その海面にたれている釣り糸。羽田空港から離陸したジェット機が、高度を上げていくのが頭上に見えた。見上げた機体が、陽をうけてにぶい銀色に光っていた。となりには、誰もいなかった。一人だった。いつも、一人だった。けれど、それは、自ら選び択《と》ったものだった。だから、孤独を感じてはいたけれど、強い淋《さび》しさを感じることはなかったと思う。ただ海に釣り糸をたれていれば、それでよかった。

そんな回想にふけっている時だった。

ふいに、握っている釣り竿が、引かれた。強烈な勢いで、引き倒されそうになった。竿が、ボートの船べりに当たった。僕は、反射的に、竿を両手で握る。引き倒されそうになっているのを立てようとした。頭の中が真空になっていた。

竿は、少し立った。丸くしなって、先端が海面につきそうになっている。気がつくと、リールのスプールが逆転して、糸が、かなりな勢いで引き出されていた。もともと、白ギスなど、小物用のリールなので、巻いてある糸はそう多くない。

僕は、あわてて、リールのドラグを締めた。糸が出ていくスピードは遅くなった。それでも、糸はじりじりと引き出されていく。僕は、さらにドラグを締めた。なんだかわからないが、大きな魚がかかったのだ。糸が切れてもしょうがない。僕は、ドラグを締められるだけ締めた。

糸が出ていくのは、一度止まった。今度は、魚が左右に走りはじめた。思い切り、8の字を描いて走りはじめた。僕は、両手で竿を握って、こらえていた。汗をかきはじめていた。心臓の鼓動が速くなっていた。

魚の動きが、少し遅くなった。僕は、右手をリールのハンドルにかけた。リールのハンドルを、ゆっくりと二回転させた。それが精一杯だった。また、魚が走る。リール一回転、糸が引き出される。

釣り竿は大きく曲がり、痙攣《けいれん》を起こしたように震えている。それでも、僕は腕に力を込める。また、リールを一回転、巻いた。竿を握っている左手が疲れてきはじめた。それでも、また、右手でリールを巻いた。じりじりと一回転、また一回転、力を込めて巻いていく。

どこかから、叫び声がきこえた。どうやら、砂浜で、じいさんが叫んでいるらしい。こっちは、それどころではない。

魚は、勢いよく走り回っている。僕は、また、じりじりとリールを巻く。半回転、半回転、巻く。一回転、糸が引き出される。そんなやりとりを、どのぐらい続けただろうか……。

ふいに、魚が、下に突っ込んだ。それまで斜めに走っていた魚が、真下に突っ込んだ。竿が、思いきり下に引かれた。それをしのぐだけの力は、もう残っていなかった。竿が、勢いよく船べりに当たった。

最初に聞こえたのは、ベシッという音だった。釣り竿が、折れた。リールから四〇センチぐらい先で、みごとに折れた。同時に、糸が直接、船べりに擦《す》れる。その瞬間、テンションがなくなった。糸が切れたのだ。

2　綾戸智絵の〈アメイジング・グレース〉が流れていた

空白の数秒……。

ただ、茫然《ぼうぜん》としていた。何も考えられなかった。僕は、折れた釣り竿《ざお》を見つめていた。何か大きな魚がかかった。竿が折れた。それだけは、確かな事実だった。いままで、あれほどの引きを経験したことはなかった。

気がつけば、びっしょりと汗をかいていた。まだ、心臓の鼓動も、おさまってはいない。心も、体も、熱をおびたようになったままだ。

われにかえると、叫んでいる声がきこえた。そっちを見た。砂浜だ。波打ちぎわ。じいさんが立って、何か叫んでいる。手を振っている。なんと叫んでいるのかはわからない。が、そのしぐさからして、〈戻ってこい〉と言っているらしかった。

確かに、釣り竿が折れては、釣りができない。釣りをしているふりもできない。僕は、折れた竿をボートの底に置いた。アンカーのロープを手でたぐりはじめた。少し抵抗があったけれど、すぐにアンカーは上がりはじめる。軽く砂地に引っかかっていただけらしい。

上がってきたアンカーを、ボートの中に置く。僕は、オールで漕《こ》ぎはじめた。砂浜に向かって、漕ぎはじめた。

やがて、砂浜に着いた。ボートの舳先《へさき》が砂地に、ずずっと乗り上げた感触。僕は、ボートから砂浜におりた。じいさんと一緒に、一メートルほどボートを引き上げた。

「おしかったが、あの仕掛けと竿じゃ無理だな」

じいさんが言った。

「いまかかったのは……」

と僕。じいさんは、即座に、あっさりと、

「チヌ、黒鯛《くろだい》だよ」

と言った。僕は、どきりとしていた。黒鯛。関西の言い方で、チヌ。それは、特に釣りをする少年達にとって、憧《あこが》れの魚だ。僕自身、東京湾の岸壁で何回となく狙ったことがある。けれど、かかったこともない。

「チヌのやつ、このところよく回ってくるよ。一〇日ぐらい前、地元の人間が五〇センチぐらいのを一枚あげたな……。つい三、四日前は、あんたと同じように小物釣りをしてた客が、仕掛けを切られた」

 こともなげに、じいさんは言った。そして僕を見た。

「やってみるか？　仕掛けを換《か》えて」

と言った。僕は、

「あ……ああ……」

と思わず、うなずいていた。じいさんも、うなずく。店に入っていった。五、六分で戻ってきた。竿と仕掛けを持っていた。竿は、小物用に比べると、だいぶ長い。ひとまわり大きいスピニング・リールがついている。巻いてある糸も、だいぶ太そうだ。仕掛けも、テンビン仕掛けではない。浮子《うき》を使う仕掛けだ。重りは、嚙《か》み潰《つぶ》しだ。

「やり方は、わかるのか？」

と、じいさん。僕は、うなずいた。じいさんは、エサのパックを一個持っていた。

「青イソメ」

とだけ言って、さし出した。この仕掛けだと、釣り鉤《ばり》も太くなる。エサは細いジャリメでは難しい。太めの青イソメにする必要があるだろう。僕は、エサのパックを受け取った。

竿や仕掛けを、ボートに載せた。ボートを、海に押し出しながら、とび乗った。

「まあ、がんばりな」

後ろで、じいさんの声がした。

僕は、ボートの上で、浮子を見つめていた。真剣に、見つめていた。この瞬間、死ぬことは、心のすみに閉じ込めてあった。何も死ぬのを急ぐ必要はない。明日、明後日《あさって》……いつでも死ねるのだ。いまは、それより、少年の頃から憧れだった黒鯛を一匹釣りたい。その気持ちで一杯だった。人生の最後に、そのぐらいの幸運があってもいいではないか……。

あい変わらず、海は凪《な》いで穏やかだった。見つめている浮子の近くを、小魚の群れが動いていく。小魚というより幼魚だ。この春に生まれたばかりだろう。一センチにもみたない幼魚が、群れをなして泳いでいく。僕は、その光景をじっと眺めていた。

最初の当たりがきたのは、三〇分後だった。細長い浮子が、ピクリと動いた。浮子のまわりに、波紋が丸く拡がっていく。思わず、息をつめた。そっと、釣り竿を握りなおしていた。心臓の鼓動が速くなる。

また、浮子が縦《たて》に動いた。最初より少し大きく動いた。波紋が、二重になって拡がっていく。僕は、呼吸を止め、浮子を見つめた。

五秒後。浮子が、すっと引き込まれた。ほとんど同時に、合わせていた。竿をしゃくり上げていた。手ごたえ。魚がかかった手ごたえ。けれど、それはすぐ落胆に変わっていた。かかった魚は、小さい。黒鯛ではない。

僕は、ゆっくりとリールを巻く。竿は、ゆるやかに曲がっている。リールは、軽く巻ける。

やがて、魚が海面に上がってきた。フグだった。一五センチぐらいのフグが、白い腹を丸くふくらませて上がってきた。たぶん、草フグと呼ばれているものだろう。フグは、歯が鋭い。僕は、気をつけてフグの口から釣り鉤をはずす。フグを海に放した。フグは、意外にす早い動きで海中に姿を消した。

陽が、かなり傾いてきた。海面が、夏蜜柑《みかん》のような色になりはじめていた。一艘《そう》の伝馬《てんま》船が、漁港に戻っていくのが見えた。小型の船外機をつけた小船には、漁師らしい年寄りが一人で乗っていた。ゆっくり漁港に戻っていく、その船の白っぽい船体も、夕陽を浴びて黄色く染まっている。

僕は、腕時計を見た。四時半を少し過ぎている。そろそろ終わりか……。そう思いながら、海面の浮子に視線を戻した。

その瞬間だった。浮子が消えた。正確に言えば、海中に引き込まれたのだけれど、消えたと感じられるほど速く、浮子は引き込まれた。

僕は、釣り竿を握りなおし、しゃくり上げていた。同時に、しまったと思っていた。一瞬、心に隙《すき》ができた。合わせるのが、ほんのひとタイミング遅れた。案の定だった。何かに、軽く引っかかったような手ごたえ。けれど、すっぽ抜けた。浮子が、海面から飛び出した。リールを巻いてみた。鉤先には何もついていなかった。釣り鉤が、むなしく揺れていた。

そのまま、五時頃までねばった。けれど、当たりはなかった。僕は、リールを巻く。アンカーを上げる。ゆっくりと、オールを漕ぐ。ボートを砂浜に向けた。

砂浜には、じいさんが待っていた。手には、双眼鏡が握られていた。それで、僕の方を見ていたらしい。僕が、ボートから砂浜におりると、

「一度、合わせてたな」

と言った。僕は、あの時の状況を話した。じいさんは、うなずきながらきいている。話し終わった僕は、

「あの当たりは、黒鯛かな……」

と訊《き》いた。

「絶対にそうとは言い切れないが、そうかもしれないな。時間からしても……」

じいさんは言った。確かに、黒鯛がよく当たるのは、〈朝まずめ〉〈夕まずめ〉、つまり、

朝と夕方と言われている。さっき、大きな当たりがあったのは、四時半過ぎだ。黒鯛の可能性は、かなり高いだろう。

僕とじいさんは、ボートを引き上げはじめた。じいさんが舳先を引き、僕が後ろから押す。砂地の上を滑らせ、もとあった場所まで引っぱった。ボートの上から荷物をおろす。ボートを、ひっくり返し、腹を上にした。

じいさんと僕は、ひと息つく。僕は砂浜に並んでいるボートの上に腰かけた。この半日で、顔が陽灼《ひや》けしたのがわかる。軽く火照《ほて》っている。一度店に入っていったじいさんが、戻ってきた。手に、缶ビールを二缶持っていた。何も言わず、その一缶を僕にさし出した。僕が何か言おうとすると、

「いいから」

と言った。僕は礼を言い、缶ビールのプルトップを開けた。冷えたビールに口をつけた。神経が張りつめて、ねばねばとしていた口の中を、ビールが洗い流していく。僕は、缶の半分近くを、一気に飲んだ。じいさんも、同じようにボートに腰かけ、ビールをゆっくりと飲んでいる。すぐ近くに、折れてしまった小物用の竿があった。僕は、竿を折ってしまったことを謝り、弁償するからと言った。けれど、

「ああ、かまわんよ」

じいさんが言った。

「もうすぐ店じまいだから、竿もいらなくなる……」

「店じまい？」

「ああ……。あと一週間で閉店する」

じいさんは言った。蕎麦《そば》か何かを、ぶつりと嚙み切るような口調だった。缶ビールを、口に運んだ。何か、事情を訊きにくい雰囲気があった。僕は、自分のビールを飲み干した。

そして、

「あの……」

と口を開いた。

「明日、もう一日釣りをしたいんだけど、どこか、泊まれる民宿なんかないかな」

と、じいさんに訊いていた。

「民宿か……」

と、じいさん。

「一軒だけ、あるんだが、まだやってるかな……。ちと、電話してみる」

と言った。店の方へ歩いていく。僕も一緒に歩いていく。店に入った。レジのわき。電話機があった。黒い旧式の電話機。いちおうプッシュフォンにはなっている。じいさんは、そばにあった電話帳をめくる。そして、ボタンをプッシュしはじめた。受話器を耳に当てる。

やがて、相手が出たらしい。じいさんは、話しはじめた。泊まりたいと言っている客がいるんだが……という内容を伝えている。相手が何か答えている様子……。

「そうか……。わかった」

じいさんは電話を切った。そして、

「もう、民宿はやってないそうだ」

と言った。じいさんの様子から、無理そうだとは感じていたが、その答えをきいて、僕はさすがにがっかりした。せめて、もう一日、釣りをしたかった。黒鯛を狙ってみたかった。そんな僕の表情を見ていたじいさんが、ぼそりと口を開いた。

「もし、よかったら……ここに泊まってもかまわんよ」

「……ここ?」

「ああ、以前は、明け方から釣りをしたいって客がいるんで、泊めてたんだ。部屋なら、二階にある。布団《ふとん》も、あると思ったな……。少し湿っぽいかもしれんが……」

じいさんは言った。

結局、泊めてもらうことになった。

僕は、一泊するための着替えなどを買いに行った。じいさんにきいた道順で五分ほど歩くと、小さな店があった。やや旧式な言葉で言えば、洋品店というところだろう。そこで、僕は、着替えの下着を買った。じいさんに迷惑をかけてはいけないので、タオルも二本買った。

貸しボート屋に戻る。

「シャワー浴びるんなら、あっち」

と、じいさんが奥をさした。僕は、礼を言い、奥へ入っていった。狭いけれど洗面所、脱衣室があり、その向こうが風呂場《ふろば》だった。

湯船はあるが、いまはもう暖かいので、シャワーですませばいい、ということだろう。コックをひねると、ちゃんと温かいシャワーが出た。僕は、汗と潮気を落とした。新しい下着に着替えて戻る。ちょっとした居間のようなものがある。八畳間ぐらいだ。卓袱台《ちゃぶだい》を前に、じいさんが座っていた。ビールを飲んでいた。大瓶のビールが卓袱台にあった。

「飲むだろ」

と、じいさん。僕の答えもきかず、コップを持ってきた。僕はまた礼を言い、コップにビールを注いだ。飲みはじめた。

「ところで、あんた、晩飯、どうする。近くのラーメン屋から出前とるんだが」

じいさんは言った。僕も、もちろん、一緒に頼めればと言った。じいさんは、うなずく。立ち上がる。自分は、チャーハンとギョーザを注文すると言った。僕も同じものを頼んだ。じいさんは、うなずく。電話で、注文している。

注文を終えたじいさんは、新しいビールを持ってきた。栓を抜く。自分のコップに注ぎ、僕のコップにも注いだ。赤褐色に灼けた顔に、さらに赤みがさしている。

部屋のすみに置かれたCDラジカセから、小さな音量で曲が流れていた。それは、綾戸智絵が唄《うた》うジャズ・ヴォーカルだった。独特の歌声。いまは〈マイ・フーリッシュ・ハート〉が流れていた。僕がCDラジカセの方を見ていると、

「あんたも、綾戸智絵、好きなのか」

と、じいさんが言った。僕はうなずき、

「まあ……」

と言った。じいさんは、大きくうなずき、

「いいよなあ、この人は……」

と言った。気をよくしたらしく、まだ半分ぐらい残っている僕のコップに、ビールを一杯に注いでくれた。

煮しめたコンニャクのような色のジャージを着たじいさんと、綾戸智絵のジャズは、かなり意外なとり合わせだった。じいさんは、そんなことには、おかまいなし。CDの音を少し大きくした。ビールのコップを口に運びながら、曲に耳を傾けている。

やがて、CD最後の曲、〈スターダスト〉が終わった。じいさんは、そのCDをとり出す。ていねいな動作で、ケースに入れる。また、綾戸智絵のCDを一枚、部屋のすみから持ってきた。CDラジカセに入れた。〈ニューヨーク・ステイト・オブ・マインド〉が流れはじめた。

じいさんは、台所の方へ行き、小皿を持ってきた。皿には、柿の種が入っていた。

「あのラーメン屋は、出前が遅いから」

と言った。小皿から、柿の種をつまむ。口に入れ、ビールを飲んだ。小皿を、卓袱台のまん中へ押し出した。僕にもつまめということらしい。僕は、

「どうも」

と言い、柿の種をつまむ。口に放り込む。ビールを飲む。じいさんの顔は、かなり赤くなっている。僕は、思い切って口を開いた。

「あの……さっき言ってた、店を閉めるってことなんだけど……」

と言うと、じいさんは、顔を上げた。

「……ああ、もうすぐ閉める。店じまいだ」

淡々とした口調で言った。

「でも……どうして……」

「……うーん、もう年だし、この仕事が、きつくなったんだな……。この家は、冬は寒いし……」

と、じいさん。ぼそっ、ぼそっとした口調で話しはじめた。じいさんの長男が、横浜の郊外に、家を建てたという。いわゆる、二世帯住宅というやつらしい。そして、一緒に住もうと言ってくれたという。

「まあ、ありがたい話さ」

と、じいさん。その長男の家に、引っ越すことにしたという。じいさんのおかみさんは、もう先週から、その家に移っているという。よく見れば、いまいる居間も、やけに整理され、がらんとしている。すみに置かれたCDラジカセと何枚かのCD。目につくのは、それぐらいだ。テレビも家具もない。となりの台所にも、台所用品のたぐいが見えない。

「もう、たいていの物は、あっちの家に引っ越した」

じいさんは言った。また柿の種を口に入れ、ビールを飲む。CDラジカセからは、〈アメイジング・グレース〉が流れている。窓から入る淡い夕陽が、ビールのコップに揺れている。

「……しかも、このあたりは、もうすぐマンションになるんだ」

と、じいさんは言った。

「……マンション？……」

と僕。じいさんは、うなずいた。リゾート・マンションが建つのだという。このあたりの、おおかたの土地は、もう買収されたらしい。じいさんのところだけが、最後まで、土地・家屋を売り渋ったという。

「ま……四〇年ぐらい、ここに住んでたんだから、なんていうか……」

「愛着？」

「そうだな……。そういうものは、ある」

じいさんは言った。けれど、じいさんのおかみさんも、体調を崩しぎみで、それを心配した長男が、二世帯住宅を建ててくれたのだという。

そこまで話をきいた時、店の出入口が開く音がした。ラーメン屋の出前らしい。ジャージを着た中年男が、ラップをかけた皿を運んでくる。

3　人生のロスタイム

僕とじいさんは、食べはじめた。ギョーザもチャーハンも、ごく平凡な味だった。けれど、なぜか、美味《うま》く感じられた。半日、釣りをしたせいだろうか。海風を吸ったせいだろうか。

「……やっぱり、海のそばはいいなあ……」

僕は、箸《はし》を手に、つぶやいていた。じいさんが、苦笑いした。

「……そりゃ、あんたみたいに、たまに来る人にとっちゃ、そうだろうな。釣りに来るお客達も、よく、そう言うよ」

と言い、ギョーザを一切れ、口に入れた。入れ歯なのか、もぐもぐと噛《か》んでいる。そして、ビールで流し込んだ。

「けど、海っぺりで暮らすってのは、そう楽じゃない。潮っ気で、なんでもかんでもすぐ錆《さ》びるし、湿気も多いし、台風なんぞきたら、窓ガラスは割れるし、水びたしになるし…

…」

　苦笑したまま、じいさんは言った。

「……じゃ、それもあって、ここを売ることに？」

　と僕。じいさんは、しばらく考えている。

「ここを買いたいっていうマンション業者が、かなり強引だったんで、カチンときたんだ。さんざん、やり合ったよ……。けど、息子が家を建ててくれたし、かみさんも喜んでるんで、引っ越すことにした」

　と言った。チャーハンを、ひとくち。また、もぐもぐと嚙んでいる。

「じゃ……そのマンション業者とは、もう契約を？」

「いや、まだ、ハンコはついてない」

　じいさんは、急に、きっぱりとした口調で言った。いまだに、そのマンション業者のことを、良く思ってはいないという。この家を引き払う、その日に、やっと土地・家屋を売り渡す契約をすると言った。

「あいつら、急いでるかもしれないが、こっちには関係ない」

　じいさんは言った。ゴミ箱に何かを捨てるような口調だった。僕とじいさんは、ゆっくりとギョーザとチャーハンを口に運ぶ。綾戸智絵の唄《うた》う〈テネシー・ワルツ〉が、静かに流れていた。

波音をききながら寝るのは、たぶん初めてだった。

その夜、一〇時過ぎ。二階の部屋。六畳ぐらいの和室に布団を敷いて、僕は寝ていた。じいさんが心配したほど、布団は湿っぽくなかった。僕は、下着だけになり、布団に寝転がっていた。

砂浜に寄せるさざ波の音が、ガラス窓ごしに、かすかにきこえている。気持ちが凪《な》いでいた。穏《おだ》やかだった。

と同時に、ある思いが胸の中にわき上がっていた。自分でも意外なある思いが、心の中に芽を出しているのに気づいた。その芽は、どんどんふくらみ、伸びていくようだった。僕は、両手を頭の後ろで組み、天井を眺めていた。心に芽を出した思いは、ふくらみ続けていた。僕は、波音をききながら、じっと天井を眺めていた。いつまでも寝つけなかった。

目覚める。窓の外が、かすかに明るくなりはじめていた。腕時計を見ると、五時半頃だった。昨夜は、午前一時近くまで寝つけなかった。それでも、この時間に目覚めてしまった。たぶん、気持ちが、たかぶっているのだろう。

僕は、服を着た。部屋を出る。じいさんは、まだ寝ているらしい。足音をしのばせて、階段をおりる。一階でランニング・シューズを履き、そっと店の出入口を開けた。

とたん、ひんやりとした早朝の空気が、体を包んだ。海の匂いを濃厚に含んだ風を、僕は吸い込む。ゆっくりとした足どりで、砂浜に歩き出した。

早朝の砂浜に、人の姿はなかった。空は、やっと明るくなりはじめたところだった。薄いブルーが、拡がっていた。今日も、海は穏やかだった。小さな波が、短いサイクルで砂浜を洗っている。

僕は、並べてあるボートの一艘《そう》に腰かけた。まだ少しぼんやりした頭で、考えはじめた。昨夜、心の中に芽を出したことについて、静かに考えはじめていた。それが、可能かどうか、まだはっきりしない頭で、考えはじめていた。

どのぐらい、そうしていたのだろう。砂浜に、淡い早朝の光が射しはじめていた。低い角度で、光が射す。近くにある小さな石や起伏が、細く長い影をひいていた。僕は、そんな、近くの砂地を眺めていた。

ふと、人の気配に気づいた。僕は、顔を上げた。波打ちぎわに近い砂浜を、一人の女性が歩いていた。ごく、ゆっくりとした足どりで砂浜を歩いている。膝《ひざ》たけのコットンパンツ。スニーカー。上には、ヨットパーカーのようなものをはおっている。まっすぐな髪は、肩にかかる長さに切り揃えてある。

彼女は、うつ向きながら、歩いていた。もっと正確に言うと、足もとの砂浜に視線を落として、ゆっくりと歩いていた。何か、落とし物を捜しているような雰囲気が感じられた。その横顔は、髪に隠《かく》れて、ほとんど見えない。

地元の人には見えなかった。都会からきた人に見えた。近くのリゾート・マンション、あるいは別荘にきている、そんな感じがしていた。

彼女は、あい変わらず、うつ向いて、ゆっくりと歩いていた。何か、砂浜に忘れ物でもしたのだろうか……。

その時、後ろから声がきこえた。ふり向く。じいさんと誰かが、店の外で立ち話をしていた。じいさんが話している相手は、中年の男だった。帽子《キャップ》をかぶり、フィッシング・ベストを身につけている。釣り竿《ざお》が入っているらしい細長いケースを手にしていた。どうやら、貸しボートの客らしい。朝から釣りに出ようという客らしかった。じいさんと客は、親しげに話している。たぶん、なじみの客なのだろう。

やがて、じいさんと客は、こっちに歩いてくる。ボートを出すらしい。

僕は、視線を砂浜に戻した。けれど、もう、彼女の姿はなかった。歩き去ったのだろう。

それにしても、と、僕は少し不思議な気分になっていた。彼女の姿が、あまり現実的に感じられなかったからだ。

かと言って、僕は、幻というようなものを信じるタイプでも年齢でもない。僕が、じいさんと客の方を見ているうちに、どこかへ歩き去っていったのだろう。

「ちょっと手伝ってくれんか」

と、じいさんの声。ボートを出すらしい。僕は、うなずく。立ち上がる。ボートの準備を手伝いはじめた。

やがて、客は、ボートを漕《こ》いで海に出ていった。それを眺めて、じいさんが口を開いた。

「あんたは、釣りにいかんのか」

僕は、何秒か無言でいた。

「……ちょっと気が変わったんだ。釣りにはいかない。そのかわり、相談があるんだけど」

と言った。

その一〇分後。僕とじいさんは、缶コーヒーを飲んでいた。店のわきに、飲料メーカーの自動販売機がある。そこで僕が買った缶コーヒーを飲んでいた。砂浜に並べたボートに腰かけて、ゆっくりと缶コーヒーを飲んでいた。

僕は、ぽつり、ぽつりと話しはじめた。五分ほど話したところで、

「……このボート屋を？」

と、じいさんが訊《き》き返した。僕が切り出した話は、簡単に言ってしまうと、こうだ。この貸しボート屋を、引き継がせてもらえないか、ということだ。どっちみち、閉店してしまうなら、引き継がせてもらえないか、と僕がじいさんに切り出したのだ。

それが、昨夜から、僕の心に芽を出した思いだ。

いずれ、僕は自殺するだろう。けれど、その前のしばらくの時間、ここで過ごしてみたい。ふり返れば、大人になってからずっと、忙しく走り続けてきた。そんな人生の最後に、ほんの短い日々でも、静かな思いで過ごしてみたくなった。それが、本音だ。

サッカーの試合でも、ロスタイムというのがある。九〇分の試合時間プラス、ほんの短い延長時間がある。それに似ている。これは、僕の人生にとっての、短いロスタイムなのかもしれない。

「うむ……」

ボート屋を引き継ぎたいという話をきいたじいさんは、

と、つぶやいた。海を眺めて、しばらく考えている。少し沖では、さっき出ていった客

が、ボートから釣り竿を出している。時どきは、竿を上げている。キスでも釣っているらしい。しばらく、それを眺めていたじいさんが、

「確かに、ここでのボート釣りを楽しみにしてる客もいるし……ボート屋が続いた方がいいことは間違いないが……」

と、つぶやいた。

「しかし、そうなると、マンション業者が、うるさく言ってくるぞ……。地上げ屋みたいな連中を、よこしてくるかもしれない」

じいさんは言った。現に、近所の家には、そういう連中が来て、なかば脅しのようなことをしたという。僕は微笑し、

「そんな連中、気にしないよ」

と言った。もうすぐ死のうと思っている人間だ。怖いものなど何もない。

結局、じいさんとの間で、話がまとまった。じいさんのこの家を、僕が借りることにする。正式な賃貸契約をかわして、僕が借りた形をつくってしまう。そうなれば、たとえマンション業者が来ても、突っぱねられる。マンション業者とじいさんの間に、形になった書類のたぐいは何もないのだから。

そして、じいさんは、家賃などいらないと言った。ボート屋が続けば、それでいいと言う。けれど、僕としては、少しでも家賃は払いたかった。貯金なら、そこそこある。僕にとっては、もう、あまり用のない貯金だ。

いろいろ話したあげく、家賃三万円で話がついた。月々三万円を、僕が、じいさんの口座に振り込むことで話がついた。

そうなったら、少しでも早く、契約をかわした方がいい。訊いてみると、じいさんの知り合いの不動産屋が、近所にいるという。その不動産屋に、仲介させる必要はないが、契約書をつくらせることはできるという。

そこまで、話は決まった。

僕は、一度、東京に戻ることにした。ここでしばらく生活するためには、多少の荷物は東京から送らなければならない。その作業に、一日は、かかるだろう。その作業を終え、契約用の印鑑を持って、明後日《あさって》、ここへ戻ってくることにした。僕は、さっそく身じたくをして、じいさんの貸しボート屋を後にした。

僕のマンションは、東横《とうよこ》線の中目黒《なかめぐろ》から歩いて五、六分だ。八階建ての六階。けして広くはないワン・ルームだ。けれど、ローンは返済してある。僕がいなくなったら、親が、なんとでもするだろう。

僕は、自分の部屋の整理をはじめた。そして、あらためて、持ち物の少なさに気づいた。服や靴は、必要最低限のもの。家具も、同じく必要最低限のもの。ノート型のパソコン。仕事の資料が少々。本も、文庫本が少し。ＣＤも、本当に好きなものだけ。たいした枚数ではない。

そんな、物の少なさは、自分で選び択《と》った生き方だった。もっと若かった頃から、ずっと、そうだった。心の中にも、部屋の中にも、荷物は、できるだけ少なく……。その頃から、こういう日がくることを予感していたのだろうか……。

とにかく、僕は、荷づくりをはじめた。少ない持ち物の中から、さらに選び、段ボール箱に詰めはじめた。服や何かは、簡単に選べた。問題は、キッチン用品だった。

僕は、かなりきちんと料理をする。それは、若かった頃に決めたことだった。その頃、すでに、結婚する意思がなかった。男が一人で生活していくためには、料理ぐらいはできなければならない。僕は、いつからか、自分で包丁を握るようになっていた。

調理用具を送るのはいいが、相当にかさばる。しばらく考え、鍋《なべ》やフライパンは、向こうで買うことにした。使い込んだ出刃包丁と刺身包丁、それだけは、送る荷物の中に入れた。そして、宅配便で送った。

午前一〇時過ぎ。僕は、部屋を出た。たぶん、もう二度と帰ってくることのないだろう部屋……。けれど、よぶんな感傷は、心から追い払う。会社に勤めていた頃の朝のように、ドアを閉め、エレベーターに向かった。

がらがらにすいている横須賀《よこすか》線で、逗子駅に着いた。駅の近くで、鍋やフライパンなどを買い込む。まとめて送ってもらうことにして、バスに乗った。じいさんの家に着いたのは、午後四時を過ぎていた。今日、貸しボートの客はいないようだった。じいさんは、店の床を掃除していた。僕が店に入っていくと、まっすぐに、こっちを見た。じっと見ている。

「何か?……」

僕は訊いた。じいさんは、僕を見たまま、

「戻ってきたか……」

と言った。

「だって、そう言ったじゃないか……」

僕が言った。じいさんは、また、ホウキを使いはじめる。

「僕が、戻ってこないと？」

言いながら、僕は、肩にかけたデイパックをおろした。

「正直言って、どうかなと思ってたよ」

「…………」

「あんたの年で、こんな古ぼけたボート屋をやろうってのが、どうにも、よくわからなくてな……」

「……それは……」

と言いかけた僕を、じいさんは、片手で制した。

「いいんだ。人には、いろいろな事情がある。あんたにも、何か、わけがあるんだろう。……が、それは訊かない。訊いても仕方ない」

じいさんは言うと、ホウキを置いた。居間に上がり、何か、紙きれを持ってきた。それは、家の賃貸契約書だった。もう、書類はでき上がっていた。じいさんの名前も入れてあり、印鑑も押してあった。じいさんが、〈坂本徳次《さかもととくじ》〉という名前だということを、僕は、初めて知った。

契約書は、当然、同じものが二通ある。僕は、デイパックから、印鑑をとり出した。〈沢田《さわだ》敬一《けいいち》〉という自分の名前を書き、印鑑を押した。

「これで、よし、か……」

坂本じいさんが言った時、店の外で車の駐《と》まる音がした。宅配便だった。昨日《きのう》、僕が送った荷物が着いた。段ボールが二箱。僕は、それを、二階の部屋に運び上げた。

僕が荷物の整理をはじめてしばらくした時、階下で呼ぶ声がした。坂本じいさんだった。おりていくと、

「そろそろ、晩飯の時間だが」

と言った。確かに。腕時計を見ると、もう六時半だった。じいさんは、また、ラーメン屋の出前を頼むという。じいさんは、シューマイとラーメン。僕も、同じものを頼んだ。

その夜も、じいさんとビールを飲みながら、シューマイをつまんだ。CDラジカセからは、あい変わらず綾戸智絵の唄う〈ムーン・リバー〉が、ゆったりと流れていた。

4　砂粒のようなソバカスが散っていた

連中が来たのは、翌日。午前一一時頃だった。スーツ姿の男が二人。一人は、五〇歳ぐらい。髪をオールバックにしている。やや太っている。もう一人は、三十代の半ば、というところだろうか。僕より少し年下に見えた。メタルフレームの眼鏡をかけている。連中は何も言わず店に入ってきた。

二人は、ちらりと僕を見た。けれど、それだけだ。ボート釣りの客とでも思ったのだろう。二人は、じいさんと向かい合う。中年の方が、

「坂本さん、そろそろですね」

と言った。ていねいで慇懃《いんぎん》だが、その奥に押しの強さを感じさせる口調だった。いかにも、やり手のマンション業者に多いタイプと思えた。若い方は、黒いブリーフ・ケースを手にしている。その中には、土地・家屋の売買契約書が入っているのだろう。

「じゃ」

と中年。若い方が、ブリーフ・ケースを開けようとした。その時、

「ああ……その件なら、気が変わった」

と、じいさんが言った。あっさりとした口調だった。そして、一瞬の空白。二人の動きが止まった。

「……変わった？……」

中年が、つぶやくように言った。じいさんは、うなずく。

「ああ、変わった。ここを、あんた達に売るのは、やめた。かわりに、貸すことにした」

と言った。

「貸すって……。誰に……」

と中年。

「この人さ。ボート屋を続けてくれるっていうんでな」

じいさんは、僕を眼でさして言った。二人は、僕を見る。その表情が、あきらかに狼狽《ろうばい》している。言葉を見失っている。じいさんは、ポケットから、賃貸契約書をとり出した。四つ折りになっている用紙を開く。連中の前に拡げてみせた。

「ほれ、この通り」

二人は、契約書に顔を近づける。読んでいる。やがて、中年が、

「……こ、こんな無茶な……」

と、うめくように言った。

「無茶も何もあるか。だいたい、ここを売り払って出ていけっていうあんた達の方が、無茶じゃないのか？」

と、じいさん。さらっとした口調で言った。

「……しかし、われわれは、お金を払って、この土地・建物を……」

言いかけた中年の言葉を、じいさんがさえぎった。

「あんた、金、金って言うが、金さえ払えば、そこに何十年も住んでる人間を自由に追い出せると思ってるのか？ そいつは、人としての道にはずれてるんじゃないか？ 違うか？」

言い捨てた。中年は、言葉につまった。面と向かってここまで言われたことは少ないのだろう。中年が見失った言葉を探していると、若いメタルフレームが、わきから、

「しかし、われわれとの契約が……」

と口をはさんだ。じいさんは、メタルフレームをじろりと見た。

「契約？ あんた達と、どんな契約をかわしたっていうのかな？ 教えてもらおうじゃないか」

と言った。今度は、若いメタルフレームが絶句した。この勝負は、すでについている。もっと前に契約書をとりかわせなかった連中に分はない。

「というわけで、もう、あんた達には用がない。帰ってもらおうか」

じいさんは言った。二人とも、憮然《ぶぜん》とした表情をしている。じいさんは、連中に背を向ける。それまで続けていた店の掃除を再びはじめた。

しばらく無言でいた中年が、僕を見た。

「あなた……どういうつもりで、こんなことをしようとしてるんですか」

と言った。その底に、圧力を感じさせる言い方だった。僕は、微笑していた。同時に、自分が微笑していることに、少し驚いていた。

「どうしてもこうしても、ないよ。いまきいた通り。明日から、この貸しボート屋を引き継ぐ」

と言った。自分でも、落ち着いた声だとは、気づいていた。中年が、僕と向かい合った。これで、やつの方が体が大きければ、多少さまにはなっただろう。けれど、僕の方が、やつより一〇センチは背が高い。やつは、僕を見上げるかっこうになった。それでも、半ば睨《にら》みつけるような表情。

「あんた……こんなことをして、どうなるか、わかってるんでしょうね……」

と言った。

「……どうなるってのかな？」

僕は言った。やつを、まっすぐに見た。何秒か……。やつの方が先に、目をそらした。

「ま、今日のところは、これで失礼します。しかし、われわれにも、決まったスケジュールがある。また、お話ししにきます」

あい変わらず慇懃無礼な口調で言った。スーツの内ポケットから、革の名刺入れを出した。名刺を一枚抜き出す。こっちにさし出した。僕は、その名刺を見た。が、それを受け取りはしなかった。やつは、五秒ほど名刺を出したままでいた。やがて、それを引っ込めた。また、僕を見た。威圧的な口調で、

「遠藤といいます。また、お目にかかります」

と言った。無表情に戻る。ゆっくりと、店を出ていった。若いメタルフレームが、あわてて後をついて出ていく。

その日の夕方。

僕と坂本じいさんが一緒に晩飯を食べる最後の夜だ。明日、じいさんは引っ越していく。

「今夜ぐらい、ラーメン屋の出前じゃなくて、なんかまっとうな飯を食わないか？」

僕が言うと、じいさんも、うなずいた。じいさんにしても、長年住んできたこの家で過ごす、最後の日だ。それなりの思いはあるのだろう。

「港に行ってみるか。何か、揚《あ》がってるかもしれない」

と言った。僕とじいさんは、家を出る。砂浜を歩いて、港の方に向かった。

砂浜を歩きだしてしばらく。あの女性が歩いてくるのが見えた。この前、朝の砂浜を歩いていた彼女だ。彼女は、今日も、同じような服装をしていた。細身のコットンパンツをはき、上には綿のヨットパーカーを着ている。足もとは、スニーカー。

そして、歩き方も、この前と同じだった。少しうつ向き、砂浜を、ゆっくりと歩いている。その視線は、足もとの砂浜に向けられている。砂浜に落とした何かを捜しているような様子。うつ向いているので、ストレートな髪が、横顔を隠《かく》してしまっている。表情は、よくわからない。

歩いてくる彼女と僕らは、すれ違いそうになった。気づいた彼女が顔を上げた。じいさんに向かって、

「こんにちは」

と言った。じいさんは、

「あ、どうも」

とだけ答えた。彼女は、じいさんと並んで歩いている僕にも、軽く目礼をした。僕も、軽く、おじぎをした。彼女の顔を、ま近で見た。

まず印象的だったのは、ストレートな髪だ。少し褐色がかった、軽そうなストレート・ヘアー。前髪は、眉《まゆ》のあたりで切り揃えてある。後ろは、肩に届く長さ。夕方の風に、かすかに揺れている。

顔は、卵形だった。角《かく》ばってもいず、細面《おもて》でもなく、整った卵形をしている。いま、ほとんど化粧はしていないようだった。頰の、目尻《めじり》に近いあたりに、ソバカスが少し散っているのが見えた。砂粒がついたようなソバカスが散っていた。年齢は、一見では、よくわからない。二五、六歳にも見える。三〇歳をこえているようにも見える。すれ違った印象では、そこまでしか、わからなかった。

僕らと彼女は、すれ違う。しばらくして、僕は、ふり返った。彼女は、あい変わらず、ゆっくりと、足もとを見つめて歩いている。何か、落とし物を捜しているように……。じいさんも、ふり向いて、彼女を見た。

「……あの人は？……」

僕は、訊《き》いてみた。

「ああ……この近くの別荘にいる娘さんだ……。しょっちゅう、砂浜を歩いてるよ」

とだけ、じいさんは言った。僕は、軽くうなずいた。〈別荘にいる娘〉ときいて、納得できるものがあった。彼女の身なりは、特に洒落《しゃれ》たものではない。コットンパンツ。かなり着込んだ感じの、綿のヨットパーカー。海に近いこのあたりでは、ごく平凡なスタイルといえる。けれど、彼女の印象は、都会育ちの人のものだった。どこがどうというのではないが、このあたりに育った人とは、ちょっと違う空気感が、彼女には漂っていた。

僕がもう一度ふり返ると、彼女の姿は、かなり小さくなっていた。

僕とじいさんは、港に着いた。この港に来るのは、初めてだった。このあたりとしては小さな港だろう。遊漁船、つまり釣り船らしいのが、二、三艘《そう》。あとは、小型の漁師船だ。せいぜい二人ぐらいしか乗れないような、いわゆる伝馬船《てんま》が、七、八艘、岸壁に舫《もや》われている。

岸壁の端に、プレハブ造りの建物がある。じいさんは、そっちへ歩いていく。たいして大きくないプレハブの小屋。その出入口には、どこかのバス停から持ってきたような金属のベンチが置いてある。そこで、ゴム長を履いた老人が三人ほど、煙草を吸っていた。

三人は、じいさんを見ると、笑顔を見せる。陽気に話しかけてくる。いかにも、長年の

つき合いを感じさせる。一人が、

「いよいよ、引っ越しか……」

と言った。じいさんが、ここを去ることは、すでに知っているらしい。

「けんどよお、新築のあったけえ家で、息子達と暮らせんだから、幸せなこったよなあ」

別の老人が、煙草片手に言った。じいさんは、軽く、うなずいた。

「あ、それで、この人が、明日から、うちのボート屋をやってくれることになった」

と言った。老人達は、ちょっと驚いたような表情で僕を見た。

「へえ……あんたが……」

と、その一人。

「沢田といいます。よろしく」

僕は、いちおうのあいさつをした。老人達はうなずく。

「まあ、なんかあったら声をかけてくれ。たいしたことはできないけんどもよお」

と一人が言ってくれた。

僕とじいさんは、プレハブの中に入った。中には、白い発泡スチロールの箱が並んでいた。箱の中には、溶けかかった氷。そして、魚が何匹か、いた。つまり、ここは、地元の魚直売所ということらしい。

中には、前かけをしたおばさんがいた。じいさんを見ると、

「今日は、もう、ほとんどないよ」

と言った。確かに、並んでいる魚は少なかった。もう、夕方だ。魚がなくなっても当然だろう。魚を見ていたじいさんが、端にあった箱の中をのぞいて、

「ワラサがあるじゃないか」

と言った。僕も、それを見た。もう、ブリと呼んでもいいぐらいの大きさのワラサが氷水の中にあった。

「それ、誰も持ってかなくてさ。もう、安くしとくよ」

と、おばさん。値段を言った。東京で暮らしていた僕からすると、ひと桁《けた》ちがうのではと思えるほど安かった。

「じゃ、これもらうわ」

じいさんが言った。

その一〇分後。僕とじいさんは、砂浜を歩いていた。じいさんが、魚の入った箱を持っていた。歩きはじめてすぐ、じいさんが、

「ちょっと酒を買ってきてくれんか」

と言った。歩いて四、五分のところに、酒屋があるという。道順を訊くと、簡単そうだった。

「で、ビール？　日本酒？」

訊くと、じいさんはあっさり、

「ワイン」

と言った。

「酒屋に行って、貸しボートの坂本って言えばわかるよ。白を二本、買ってきてくれんか」

と、じいさん。僕は、うなずく。砂浜から町の方へ歩きはじめた。砂浜から、坂道に上がる。じいさんが言った道順で行くと、酒屋があった。そこそこ品揃えのある酒屋だった。

僕が、じいさんにきいた通りに言うと、

「あっ、坂本さんのね」

と、店主らしい中年男が言った。白ワインを二本、カウンターに出した。カリフォルニア産だった。すでに冷えている。高いものではない。僕は金を払った。

家に戻ると、じいさんは、もう、ワラサをさばきはじめていた。僕が東京から送った出刃包丁を使い、さばきはじめていた。その手つきは、さすがに慣れている。すぐに、刺身と、鍋《なべ》にする切り身ができた。

じいさんは、ネギを入れた鍋を火にかけた。刺身を盛った皿を、居間の卓袱台《ちゃぶだい》に置いた。

「さあ、飲もう」

と言った。僕は、冷蔵庫からワインを出し、栓を抜いた。じいさんは、コップにワインをドボドボと注ぐ。そして、僕らは飲みはじめた。ワラサの刺身を食って飲む。刺身がなくなると、鍋を肴《さかな》にして飲む。じいさんの鍋には、野菜など、ほとんど入っていない。せいぜい切った長ネギぐらいだ。ひたすら、ワラサ。男らしいといえば、そうとも言える。

僕らは、あまり言葉をかわさず、ひたすら、飲んで食った。CDラジカセからは、綾戸智絵のジャズ・ヴォーカルが流れていた。


翌日。昼少し前。じいさんの息子が、車で迎えにきた。シルバー・グレーのレガシィが、店の前に駐《と》まった。

じいさんの息子は、僕と同じ年齢か、もう少し年上、四十代の前半かもしれない。じいさんの話だと、商社に勤めているという。誰でも名前は知っている大手の商社だ。一見した感じも、その通りだった。やや中年太りしはじめた体を、質の良さそうなカーディガンに包んでいる。髪は、きちんと七三に分け、メタルフレームの眼鏡をかけている。じいさ

んが、息子に僕を紹介した。話は、すでに電話で伝わっているらしく、

「あ、いろいろお世話になっているようで」

と、ていねいにあいさつをした。僕は、

「いえ、こちらこそ、無理を言ってしまって」

とだけ言った。いま、くわしい話をしても、しょうがない。じいさんの息子が、

「母さんが、家で待ってるよ」

と言った。早く引っ越しをすませたい、そんな雰囲気だった。じいさんは、うなずく。

僕らは、荷物を、車に積みはじめた。家に残っていたじいさんの荷物は、レガシィの後部におさまってしまうほど少なかった。三〇分もかからずに、積み込みは終わった。じいさんの息子が、運転席に乗り込んだ。

いよいよ出ようとするその時、じいさんが僕に、

「これ」

と言った。一枚のCDをさし出した。綾戸智絵のCD。〈YOUR SONGS《ユア・ソングス》〉とタイトルのつけられた一枚。確か、これは、じいさんが一番気に入っているもののようだった。流す回数が一番多かった。じいさんは、それを、くれようとしているらしい。

「……これは……」

僕は、手を引っ込めた。けれど、じいさんは、

「いいから」

とだけ言う。僕の腹に押しつけるようにした。僕は、仕方なく、それを手にとった。じいさんは、くるりと背を向ける。車の助手席に乗り込んだ。

息子が、エンジンをかける。ガラスをおろした窓から顔を出し、僕に、軽くおじぎをした。僕も、それに応《こた》えた。やがて、車は、ゆっくりと発進した。ヘッドレストごしに、じいさんの白髪《しらが》頭がちらりと見えていた。それも、すぐに見えなくなる。車は、ゆるいカーブを曲がり、視界から消えた。僕は、一枚のCDを手に、じっと、立ちつくしていた。

5　ビーチグラス

いつでも死ぬことができる、静かな人生のロスタイム……。と思っていたのだけれど、そう静かに過ごせそうになかった。翌日、また、やつらがやってきた。

午前一〇時半。店の前で車の駐《と》まる音がした。やがて、ドアが開く。マンション業者の遠藤が入ってきた。ゆっくりとした動作で、店に入ってくる。僕は、ひろい読みしていた釣り雑誌から顔を上げた。遠藤は、一人だった。部下のメタルフレームは、車ででも待っているのだろう。

「坂本さんは、もう、引っ越されたのかな……」

と言った。確認するというより、ただ、言ってみただけという感じだった。僕は、無言でうなずいた。遠藤は、

「……そうか……」

と言う。しばらく黙っていた。やがて、スーツの内ポケットに手を入れた。今度出てき

たのは、名刺ではなく、封筒だった。何も書いてない白い封筒だった。厚みがある。遠藤は、それを手にして、

「百ある」

と言った。

「百？……」

僕が訊《き》き返す。

「そう。百万。これでいいだろう」

遠藤が言った。僕が何か言おうとすると、遠藤は、にやりとした。

「百なら、上出来なんじゃないか？」

と言った。僕は、相手をまっすぐに見た。

「なんの話をしてるのかな？」

と言った。遠藤は、にやにやしたまま、

「何って……わかってるだろう。……あんたもタヌキだなあ……」

と言った。

「……わかってるだろうって、何を……」

と僕。

「立ちのき金に決まってるじゃないか。どうやって、あのじいさんにとり入ったか知らないが、百なら、いい小遣い稼ぎになるだろう、ええ」

遠藤が言った。そこで、僕にもやっとわかった。僕が、立ちのき金を目当てに、この貸しボート屋を、じいさんから引き継いだ。そう思っているらしい。

「あんた……なんか、誤解してるみたいだな……」

僕は、心の中の怒りを抑えて言った。遠藤のにやにや笑いが、苦笑いに変わった。

「そうくるか……。じゃ、しょうがない。百五十。百五十で、どう。これが限界だよ」

と言った。僕は、きつい目で、やつを見た。

「百五十万だろうと、何百万だろうと、関係ない」

僕がそう言った時だった。

「あの……」

という声がした。開けっぱなしになっている店の出入口。若い男が立っていた。釣り道具らしいものを持ち、クーラーボックスを肩からさげている。貸しボートの客らしい。僕は遠藤を見た。

「二度と来ないでくれ」

と言った。遠藤の目つきが、とがった。二、三秒、こっちを睨《にら》みつける。

ていった。

「……後悔するぞ」

とだけ言った。回れ右。店を出ていった。やがて、車のエンジン音がきこえ、遠ざかっていった。

翌朝、僕は六時に起きた。貸しボートの準備をはじめた。

ボートは、いつでも砂浜に並べておく。けれど、客に使わせるアンカーやアンカー・ロープ、ライフジャケットなどは、外に置いておくと、夜の間に盗まれることがあると、じいさんに教わっていた。僕は、店の中にしまってあったアンカーやアンカー・ロープを外に運びはじめた。ボートの近くに置いていく。今日は、よく晴れている。朝の斜光が、砂浜に射している。

僕が、いちおうの作業を終えた時だった。砂浜に人影が見えた。

彼女だった。今朝も、ゆっくりとした足どりで歩いてくる。僕は砂浜に立ったまま、彼女の姿を眺めていた。まっすぐな髪が、かすかな朝の海風に揺れている。彼女は、ふと、立ち止まる。かがみ込んだ。砂浜から、何かをひろい上げた。何をひろい上げたのか、僕からは見えなかった。きれいな貝殻でも見つけたのだろうか……。

やがて、彼女は、僕が立っている方に近づいてきた。僕に気づいたらしく、砂浜から視

線を上げた。僕と目が合った。僕は微笑し、

「おはよう」

と言った。彼女も、ほんの淡い笑顔を見せ、

「おはようございます」

と言った。ほとんど初対面の僕に、少しの警戒心も持っていない、そんな口調だった。

そして、

「あの……おじいさんは……」

と訊いた。僕は、なんと答えようか、数秒考えた。

「……じいさんは、引退したんだ。横浜に引っ越していったよ。で……おれが、なんていうか……しばらく、引き継ぐことになって……」

と言った。彼女は、

「……おじいさん、引っ越しちゃったんだ……」

と、つぶやいた。

「ああ……年だから、体がきつくなったって……」

「そう……」

また、彼女は、つぶやいた。僕は、ちょっと思い切って訊いてみた。

「いまさっき、砂浜で、何かひろってたね……」

と言った。彼女は、素直に、こくりとうなずいた。握っていた左手を開いた。そこには、ゼリーかキャンディーのようなものがあった。楕円《だえん》形をしていて、平べったい。淡いブルー。少しグリーンがかったブルー。そして、半透明だった。朝の光が、その中まで射し込んでいる。

「……これ……」

「ビーチグラスっていうの」

彼女が言った。〈ビーチグラス〉ときいて、僕は、胸の中でうなずいていた。何かの雑誌で写真入りの記事を読んだことがある。海に落ちたり、捨てられたりしたガラスの瓶。その破片が、長い間、海底をさまよい、角が削られて、丸みをおびる。スベスベになる。やがて、それが、砂浜に打ち上げられる。そんな話を、読んだ覚えがある。

僕が、そのビーチグラスを見つめていると、

「きれいでしょう？」

と彼女が言った。その口調は、小学生のように無邪気だった。

「こういうやつを探すために、よく、砂浜を歩いてるのかな？」

僕は訊いてみた。彼女は、手のひらを開いたまま、また、こくりとうなずいた。僕は、

あらためて、彼女の顔を見た。まず気づいたのは、優しい目もとだ。大きく華やかな瞳《ひとみ》ではない。けれど、優しく、涼しげな目もとだった。

そう、彼女の印象を、僕なりのとぼしいボキャブラリーで言うならば、一種、少女のような無邪気さだろう。子供っぽいというのとは少し違う。他人に対して、かまえたり、飾ったりする様子が、まるでない。初夏の陽射しを思わせる笑顔……。その奥に感じさせる、無邪気さ。それが、彼女の年齢を、わかりづらくさせているのだと、僕は気づいた。

その時、

「あっ、お客さんみたい」

と彼女が言った。ボート屋の方を、指さした。僕は、ふり向いた。店のわきに、人の姿。親子連れらしい二人の姿があった。僕は彼女に、

「じゃ」

と言う。ボート屋の方へ歩きはじめた。

その二時間後。僕は、砂浜のボートに腰かけていた。海の上には、ボートが一艘《そう》、浮かんでいる。さっき出ていった親子連れが、釣りをしているのが見える。三十代ぐらいの父親と、小学生ぐらいの男の子だ。その二人が、熱心に竿《さお》を動かしているのが遠くに見える。

時どき、白ギスが釣れているようだった。

そんな光景を眺めながら、僕はふと、思い返していた。ビーチグラスを手にしていた彼女のことだ。正直言って、気になっていた。誰かのことが、こんなふうに気になったのは、生まれて初めてかもしれない。彼女は、なんのために、ああして砂浜を歩き、ビーチグラスをひろい上げているのだろう……。あの、優しげな表情の奥には、どのような思いがあるのだろう。それが、僕の心に引っかかっていた。ノドに引っかかった魚の小骨のように……。

その客がきたのは、二日後だった。薄曇り。風は弱い。昼少し前。車の音がした。エンジンが切れる。やがて、店のドアが開いた。男が一人、入ってきた。

ちょうど三〇歳ぐらいだろうか。まず目に入ってきたのが、ジャンパーだった。横須賀風のジャンパー、俗に〈スカジャン〉と呼ばれているものだ。紺地に、龍の刺繡《ししゅう》が派手に入っている。〈Japan〉という文字も刺繡されている。もとは、横須賀に来たアメリカ兵の土産物としてつくられたときいている。ある頃から、日本人の若い連中も着るようになった。男は、Tシャツの上に、そのスカジャンをはおっていた。下には、だぶっとしたジーンズをはいている。髪は短く刈り上げている。濃いサングラスをかけている。背は高くないが、いかつい体つきをしている。

　やつは、店に入ってくるなり、

「ボート、貸せよ」

　と言った。その身なり、口調から、すぐにわかった。やつは、まともな客ではない。マンション業者がよこしたチンピラだろう。が、僕は平静をよそおう。

「ボート代は、一日三五〇〇円。あと、貸し竿や仕掛けもあるけど」

　と言った。やつは、うなずく。

「一式、貸せ」

　と言った。僕は、貸し竿と仕掛けを用意した。エサも、冷蔵ケースから出す。

「釣りが初めてなら、多少教えるけど」

　と言った。

「おお、教えてもらおうじゃないか、釣り方を」

　と相手。僕は、ごく簡単に、白ギスの釣り方を教える。相手が、本気できいていないのはわかった。それでも、いちおう、きちんとした説明をした。

「わかった」

　と相手。ジーンズの尻《しり》ポケットから札入れをとり出した。全部で、四八〇〇円ぐらいだった。やつは、札入れから五千円札をとり出す。

「つりはいらない」

と言って僕に渡した。僕は、金を受け取り、かわりに名簿を出した。といっても、名前と住所を書くだけの簡単な用紙だ。僕は、用紙とボールペンを相手にさし出した。

やつは、一瞬、迷った様子。けれど、ボールペンをとった。ぎこちなく、下手《へた》な字で書いた。

〈松井《まつい》吉孝《よしたか》〉と書いた。住所は〈横須賀市長井《ながい》〉。〈浜武荘《はまたけそう》102号室〉とある。アパートらしい。

僕と松井は、店から出た。いつものように、ボートを、波打ちぎわまで曳《ひ》いていく。僕は、松井にアンカーの使い方を教えた。松井は、面倒くさそうにきいている。

「わかった、わかった」

と松井。僕は、ボートを水に浮かせた。釣り道具を持った松井が乗り込んだ。とたん、よろけた。へっぴり腰になって、バランスを崩しかけた。

「大丈夫か」

僕が言うと、やつは、むっとした表情をした。ボートの中に腰かける。オールを握る。

漕《こ》ぎはじめた。なれていないのは、すぐにわかった。ぎくしゃくした動作で、オールを漕ぎはじめた。はじめは、まるで漕げていない。オールが、ちゃんと水をかいていないのだ。けれど、しばらくすると、なんとかなってきた。オールが、ちゃんと水をかくようになり、ボートがゆっくりと進むようになった。僕は、店の方に戻りはじめた。

一五分ほどして、僕は、双眼鏡を手に、店を出た。双眼鏡は、じいさんが置いていったものだ。かなり倍率が高い。

僕は、砂浜のボートに腰かける。双眼鏡を海の方に向けた。松井が乗っているボートに向けた。案の定だった。松井は、ちゃんとした釣りなどしていない。釣り竿は、船べりにたてかけたまま。本人は、逆側の船べりに体をもたれている。仰向《あおむ》けになっている。日光浴でもしているらしい。僕は苦笑い。店に戻る時、やつが乗ってきた車を見た。国産のワンボックス・カー。窓には黒に近い色の濃いシートが貼ってある。らしいな、と思った。

二時間もたたずに、松井は戻ってきた。

ボートを砂浜に上げる。松井はボートからおりた。釣り道具を持ったまま、店の方へ歩く。立ち止まる。店の壁に向かって、立小便をはじめた。僕は、無言。店に入っていった。しばらくすると、松井も店に入ってきた。釣り竿を放り出す。ポリバケツを、足もとに転

がす。野太い声で、

「釣れねえじゃないかよ」

と言った。足もとのポリバケツを、足で蹴《け》った。ポリバケツが、壁に当たった。松井は、一歩、僕につめ寄ってくる。

「お前さんにきいた通りにやったんだ。けど、一匹も釣れねえよ、一匹も。どうしてくれるんだよ」

完全に脅す口調になって、やつは言った。

「そりゃ、あんたが下手だったんじゃないのか？」

僕は言った。この松井が、たぶんチンピラであることも、嫌《いや》がらせにきたことも、わかっている。それならそれでいい。チンピラに刺されて死ぬのも、悪くはないかもしれない。

僕は、やつを正面から見ていた。

「……なんだと」

やつが言った。

「一匹も釣れなかったんだぞ。どうしてくれるんだよ！」

と大声を上げた。釣り竿をつかむ。壁に叩《たた》きつけた。壁にかけてあるカワハギ釣りの仕掛けがいくつか、床に落ちた。

「どうしてくれるんだよ、おら！」

松井が、どなった。僕は、平静な声で、

「言っただろう、あんたが下手っぴいだったんだ」

と言った。やつは、また一歩、つめ寄ってくる。こいつ、ナイフでも持ってるかな……。僕は、ちらりと思った。刺したいんなら、刺せばいい。やれよ……。そう心の中でつぶやく。やつを、まっすぐに見た。やつの動きは、そこで止まっていた。とりあえず、嫌がらせをする。そこまでが、今日の予定なのかもしれない。

僕は、ふり向く。レジを開ける。五千円札を出した。やつがさっき払った五千円だ。僕は、それを、

「ほら」

と言って、やつにさし出した。やつは、一瞬、とまどった様子を見せた。多少は、意外な展開だったのかもしれない。

「返すよ、ほら」

僕は言った。やつは、数秒黙っていた。やがて、

「当たり前だ」

と言う。ひったくるように五千円札をつかんだ。肩をいからせて、店を出ていく。出入

口を出る時、立ち止まる。ふり向いた。こっちを睨みつけ、

「また来るからな」

と言った。いわゆる凄味《すごみ》をきかせた言い方だった。僕は、軽く、うなずいてみせた。やつは、気にくわなかったに違いない。


その日の夕方。僕は、晩飯の材料を買いに出た。近くにある小さなスーパーに行き、店に戻ろうとしていた。

店の前の砂浜に、彼女がいた。ボートが並べてある、その近くにいた。あい変わらず、砂浜に視線を落として、ゆっくりと歩いている。僕は、そっちに近づいていった。彼女は、砂浜にかがみ込む。何か、ひろい上げた。そして、立ち上がった。近づいていく僕に、彼女が気づいた。今日は、スカートをはいていた。膝《ひざ》より少し長いたけの、サラリとしたスカートをはいていた。Tシャツを着て、その上に綿のカーディガンをはおっている。白いテニス・シューズを履いていた。

彼女は僕に、微笑し、

「こんにちは」

と言った。あい変わらず、少女のような笑顔だった。僕も、微笑し、うなずいた。

「いいのが、見つかった？」

僕は訊いた。彼女は、手のひらを開いてみせた。手のひらには、ビーチグラスが一個、のっていた。ややグリーンがかっていた。夕方の陽を浴びて光っている。

「なかなか、きれいじゃないか」

と僕が言うと、彼女は、

「でも……」

と、つぶやいた。手のひらのビーチグラスを見つめ、

「ちょっと、いびつなの……」

と言った。僕も、それをよく見た。確かに、手のひらのビーチグラスは、いまひとつ、なめらかな形をしていなかった。一ヵ所が少し角ばっている。

僕は、それを見つめている彼女の表情を見た。そして、おやっと思った。斜め横から見る彼女の表情には、かすかだけれど、翳《かげ》りが感じられた。五月はじめの陽射しを思わせる明るく優しい笑顔が、いまは、少し曇っている。何か、物想いにふけっているように、じっと、ビーチグラスを見つめていた……。

しばらくすると、彼女は、顔を上げた。表情の曇りは、ほとんど消えていた。

「まあ、これはこれで……」

と、さっぱりした口調で言った。ビーチグラスについている砂を、指で払い落とした。コットン・カーディガンのポケットに入れた。彼女は、僕が持っているレジ袋を見た。

「夕食のお買い物?」

と訊いた。僕は、うなずいた。そこで、会話がとぎれた。僕は、

「じゃ」

と言い、店の方に歩きはじめた。

不眠症が襲ってきたのは、その夜だった。

6　心の中を、通り雨が走り過ぎる

その夜は、普通に過ごした。自分でつくった晩飯を、ビール片手にすませた。ＣＤをかけながら、読みかけのミステリー小説を読んだ。一一時半には、布団に入った。

けれど、寝つけなかった。頭の一ヵ所に保冷剤を当てているように、気持ちが冴《さ》えてしまっている。気になることを、いつまでも考え続ける。

それは、ここ一、二年、いわば僕の持病のようになってしまっていた。昼間あった出来事が、いつまでも、いつまでも、頭の中をぐるぐると回っている。

普通の状態でも、何かが気になって寝つかれないことはあるだろう。けれど、僕の場合、それが度を越している。朝まで一睡もできないことが、よく起きる。

今夜、頭の中にあるのは、彼女のことだ。あの彼女は、なぜ、ああして毎日、ビーチグラスを探して、砂浜を歩いているのだろう。別荘にいる娘、と、じいさんは言っていたが、何をして暮らしているのだろう。そして、さっき見せた表情……。明るい陽射しが、ふと翳《かげ》ったような、あの瞬間も、気になった。

それらが、頭の中に、点滅していた。いつまでも、いつまでも……。そうなったら、たぶん、朝まで寝つかれないのは、経験的にわかっていた。

結局、やはり、明け方まで寝られなかった。明け方の、ほんの二〇分ほど、うとうとしただけだ。僕は、諦《あきら》めて、起きた。コーヒーを淹《い》れて飲んだ。けれど、頭は、ぼうっとしている。午前中は、ずっと、ぼんやりして過ごした。幸い、今日、貸しボートの客はいない。

昼過ぎ。僕はタウンページをめくっていた。医者を索《さが》していた。こういう不眠症になると、何日間も続く。眠るための入眠剤を服用するしかない。そのためには、心療内科の医者に行く必要がある。東京で服用していた入眠剤は、とっくに切れている。

僕は、タウンページの神奈川県版をめくっていた。大きな病院は、待ち時間が長過ぎるので避ける。細かくページを見ていくと、近くに医院があった。

〈河中《かわなか》医院〉〈内科・心療内科〉となっている。地図で見ると、すぐ近くだ。僕は、まず電話をかけてみた。すぐに、中年と思える女性が出た。正午から午後二時までは昼休みだう。僕は、礼を言い電話を切った。

午後二時過ぎ。僕は、店を出た。〈河中医院〉は、歩いて五、六分。国道１３４号を渡り、山側へ少し入ったところらしかった。

行ってみると、その通りだった。国道１３４号のバス通りを渡る。ゆるい上り坂を四、五〇メートルいくと、右側にあった。モルタル造りの二階家。町の医院としては、ごく平凡な外観だ。〈河中医院〉と小さめの看板が出ている。前庭に桜の樹がある。葉桜が風に揺れている。

ガラス扉を開けて入る。スリッパが並んでいる。ビニール張りのベンチが置いてある。ごく普通の待合室。いまは、誰も待っていない。奥から、ナースのかっこうをした婦人が出てきた。六十代だろうか。髪は、ほとんど白い。

僕は、カウンターにいく。初診であること。不眠なので入眠剤が欲しいことを伝えた。健康保険証を、と言われた。が、僕は、会社を辞めたばかりで、保険証を持っていない。そう言うと、彼女はうなずいてくれた。

「先生は、いまちょっと外出しているので、しばらくお待ちください」

と言う。僕はうなずき、ベンチに腰かけた。

二〇分ほど過ぎた時、医院の玄関が開いた。ゴム長を履いた老人が入ってきた。二つに折りたたんだ釣り竿《ざお》とポリバケツを持っている。入ってくるなり、

「シコが、たんと釣れたぞ」

と奥の方に叫んだ。奥から、さっきの婦人が出てきた。

「あなた、患者さんが」

と言った。老人は、待合室にいる僕を見て、

「ああ」

と言った。事情は、わかった。いま、シコイワシを釣ってきた老人が、ここの医師である河中。そして、白髪の婦人は、彼の妻であり、ナース。そういうことらしい。老人は僕に向かい、

「ちょっと失礼」

と言う。ポリバケツを持ったまま、奥に入っていった。五分ほどすると、夫人が顔を見せ、どうぞ、お入りくださいと言った。診察室のドアを目でさした。僕は、白いドアを開け、入っていった。

中は、ごく普通の診察室だった。ただ、医師の河中は、缶ビールのプルトップを開けようとしていた。テーブルの上にも、もう一缶、サッポロの缶ビールが置いてある。河中は、気さくな口調で、

「あんた、飲めるのかな?」

と訊《き》いた。僕は、うなずく。

「じゃ、軽くやりなさい」

と言って、缶ビールを押し出した。自分は、開けた缶ビールをぐいと飲んだ。老人らしく筋ばったノドが、ビールを飲むとリズミカルに動いた。

僕は、ちょっと愉快な気分になっていた。患者を待たせて、イワシ釣りをし、うまそうに缶ビールを飲んでいるこの医者を、少し気に入りはじめていた。僕も、缶ビールを開ける。ぐいと飲んだ。

「心配しなくていい。私は、アルコール依存症じゃないよ。これは、診察のためだ」

医師の河中は言った。もう、七十代の中頃だろうか。痩《や》せている。髪も眉《まゆ》も半白だった。陽灼《ひや》けしているのは、釣り好きのせいかもしれない。長袖《ながそで》のポロシャツを着ていた。

「あんたは不眠症で、入眠剤が必要だという。不眠症の原因は、たいてい何かのストレスだ。そのストレスがなんなのか、できるだけ、リラックスして話してもらう必要がある。そのために、ちょいとビールでも飲んでもらおうと思ったわけだ」

河中は言った。そして、身をのり出す。奥にきこえないような小声で、

「それは、理由の半分。あとの半分は、私がノドが渇いたから」

と言った。僕は、微笑してうなずいた。ビールを飲む。小声で、

「こんな時間に飲んで、大丈夫なんですか？」

と訊いた。河中は笑いながら、

「大丈夫。患者なんて、めったにこない」

と言った。

「こういう海岸の町で、一番はやる医者は、なんだと思う？」

「…………」

「一番は整形外科さ。その次が鍼灸院《しんきゅういん》。漁をやってる連中は、みんな、腰や膝《ひざ》をいためるんだ。だから、整形外科や鍼灸院は、えらくはやってるよ。うちみたいなところは、暇《ひま》なものさ」

河中は言った。二人とも缶ビールを飲み干した。

「さて……」

と河中。僕の新しいカルテを見た。

「なんだ。住所を書き落としてる……」

と言った。僕は、いま住んでいる店の住所を言った。それを書きとめていた河中は、

「これは、貸しボート屋の坂本さんの……」

と、つぶやいた。僕は、うなずき、事情を、ごく簡単に話した。

「そうか……。誰かが、あのボート屋を継いだってきいたが、あんただったのか……」

河中は言いながら、住所を書きとめた。そして、僕を見た。

「それで、不眠症は？」

と訊いた。僕は、話しはじめた。まず、東京の会社に勤めていたけれど、最近、ある事情で辞めた。会社を辞める一、二年前から、時どき、不眠症になっていたこと。そのたびに、病院から、入眠剤をもらっていたこと。そこまで説明した時、河中が訊いた。いままで服用した入眠剤が何かを訊いた。その眼が、医師の眼になっていた。僕がいままで服用していた入眠剤は、主に二種類だ。その名前もよく覚えている。それを言うと、河中は、うなずきながら、カルテに書き込んでいる。顔を上げた。

「世の中には、山ほどの入眠剤がある。最初にあんたが飲んでたのは、かなり軽いものだ。それで、二番目のものは、だいぶ強いものになってる。不眠症がより重くなってきたということかな？」

と河中。僕は、うなずいた。確かに、会社を辞める寸前は、相当にひどい不眠に悩まされた。そのことを言うと、河中はうなずいた。カルテに何か書いている。

「いまは、これ以上訊かないが、その、会社を辞める頃のストレスが、主な原因ということなのかな？」

と河中。僕は、うなずいた。

「まず間違いなく」

今度は、河中が、うなずいた。カルテに、書き込む。

「とりあえず、やや軽めの入眠剤を、三日分出してみる。これを三日飲んで効かなかったら、それは、あんたには合わないいんだ。この手の薬は、必ず相性ってやつがあるからね」

河中は言った。僕は、胸の中で、うなずいていた。同時に、河中は、ヤブ医者ではないと思った。確かに、そうなのだ。入眠剤は、その人間との相性がある。Aという人間に効く薬がBという人間に効くとは限らない。僕も、自分に合わない入眠剤を一ヵ月近く飲まされた経験がある。その薬が、一般的に使われているという理由で……。

「じゃ、よろしく」

僕は言って、診察室を出た。やがて、小さな紙袋に入った薬を渡された。健康保険がきかないわりには、初診料も薬代も、たいした金額ではなかった。

その夜は、河中がくれた入眠剤を飲んで、布団に入った。

寝つくことはできた。けれど、途中で、目が醒《さ》めてしまった。枕もとの時計を見る。午前四時だった。僕は、もう一度、寝てみようとした。けれど、無駄だった。再び寝つくことはできなかった。

五時過ぎ。仕方なく、布団を出る。薄めのコーヒーを淹れ、ゆっくりと飲んだ。外は、もう、明るくなりはじめている。

貸しボートの客がくるには早過ぎる。そんなことを考えているうちに、ふと、思いついた。一昨日《おととい》、彼女が見つけたビーチグラス。少し、形がいびつになっていた、あのことを思い出していた。そして、少し曇っていた彼女の表情も、思い出していた。

そうだ。どうせ、時間をもてあましているのなら、ビーチグラスを探してやろう。きれいな形のやつを探してやろう。僕は、そう思いついた。コーヒー・マグを置いた。

ビーチサンダルを履いて、店から出た。空気は、まだ、ひんやりと涼しかった。けれど、それなりに、気持ちがよかった。僕は、ゆっくりと、砂浜に歩き出した。

まだ、陽は昇っていない。が、空には明るさが拡がっている。砂浜にも、空の明るさが、照り返している。僕は、そんな砂浜を、歩きはじめた。そして、気づいた。こういう時間帯の方が、ビーチグラスは、見つけやすいと……。

ビーチグラスは、砂や小石の間に、落ちている。こういう薄明るい中での方が、ガラスが光って、ビーチグラスは見つけやすいと気づいた。

僕は、足もとを見ながら、ゆっくりと歩きはじめた。ビーチグラスは、時どき見つかった。そのたびに、ひろい上げてみる。けれど、これというのは、なかなかない。角ばっている。形がいびつ。まだ、割れたガラス瓶の原形をとどめている。そんなものが、ほとんどだ。

一時間近く、砂浜を歩いた。やっと、まずまずのものを二個、見つけることができた。一個は薄いブルー。ほとんど円形に近い。もう一個は、ややブルーがかったグリーン。こっちは、楕円《だえん》形をしている。小さいが、きれいな楕円形をしている。僕は、それを、ショートパンツのポケットに入れ、店に戻った。

その日は、珍しく釣り客が多かった。五組きた。午前九時頃から、午後三時頃まで、ボートで釣りをしていった。みな、ベテランらしい。帰りぎわ、坂本じいさんの話をしていく客もいた。

「これからも、よろしくね」

と言い、帰っていった。ボートやアンカー類の片づけが終わったのは、もう、四時を過ぎていた。晩飯は簡単なカレーにすることにした。

ビールを飲みながら、カレーをつくった。飯は、昨日炊《た》いておいたものを、電子レンジで温めなおした。

晩飯は、屋外で食べることにする。台所から、直接、外へ出られる勝手口がある。そこを出ると、砂浜に面した四角いスペースがある。砂浜から五、六〇センチ高い。けれど、テラスなどという洒落《しゃれ》たものではない。もちろん、壁も屋根もない。コンクリートを敷いただけの物置き場だ。実際、そのスペースの端には、使い古したアンカーやアンカー・ロープが積み上げてあった。

そこに、古ぼけた木のテーブルと、安物のイスが置いてある。木のテーブルは潮にさらされて、あちこちにヒビ割れができている。イスは、どこかの安食堂から持ってきたようなものだ。座る部分のビニールが破れ、スポンジが、顔をのぞかせている。

が、かまうものか。砂浜に面した場所で、潮風に吹かれながら飲み食いする気分は、けして悪くない。僕は、カレーライスをテーブルに置いた。缶ビールも、持ってくる。夕方の海を眺めながら、スプーンを使いはじめた。

カレーを食べはじめてしばらくした時だった。彼女の姿が見えた。砂浜を、ゆっくりと歩いてくる。スカートをはいていた。カジュアルなスカートと髪が、ゆるい海風に揺れている。

やがて、彼女は僕に気づいた。こっちに向かって、おじぎをした。僕は、手を振った。

こっちへ来いよ、というしぐさをした。彼女は、うなずく。こっちへ歩いてくる。彼女は、砂浜から、コンクリートの石段を三、四段上がってきた。いつもの笑顔を見せ、

「こんにちは」

と言った。僕は、ショートパンツのポケットから、ひろってきたビーチグラスをとり出した。テーブルの上に置いた。彼女の表情が輝いた。

「仕事しながら、見つけたんだ」

と僕は言った。彼女は、その二個のビーチグラスを手にとった。じっと、見つめている。

「……これを、わたしに?……」

僕は、うなずいた。彼女は、

「……ありがとう……」

と、つぶやくように言った。手にしたビーチグラスを、見ている。見つめている。その時、彼女の表情に、かすかな翳りが見えた。明るい陽射しがさしている時に、ふと、雲がさえぎったように、横顔が翳った。けれど、それも、ほんの一瞬だった。また、彼女の表情に、光が戻った。明るさと優しさが戻った。僕は、あまり彼女をじっと見ないようにしていた。ビールを飲み、カレーライスを食べていた。

「いい匂い……」

彼女が言った。僕が食べているカレーライスのことだろう。

「なんなら、ひとくち食べるか？」

僕は言った。カレーは、まだ少しある。けれど彼女は、

「あ……いいです。……ありがとう」

と言った。僕は、うなずく。

「明日も、時間があったら、探しといてあげるよ」

と言った。彼女は、微笑し、うなずいた。

「また、夕方、きます」

と言った。


その夜も、彼女のことが、頭からはなれなかった。エルトン・ジョンの古いCDを流しながら、布団の上に、仰向《あおむ》けになっていた。さっきのことを考えていた。まず、彼女がなぜ、ビーチグラスを探して砂浜を歩いているのか……。その疑問は、ずっと、頭から離れない。そして、彼女に、ビーチグラスをあげた時のことだ。僕がさし出したビーチグラスを見て、彼女は、素直に喜んでくれた。

けれど、その後、一瞬、表情が翳った。あれは……なんだったのだろう。悲しい表情に

なったというのとも少し違う。笑顔の中に、一瞬、翳りがよぎる。

僕は、ふと、大学の卒業旅行で行ったハワイを思い出していた。ハワイでは、よく、通り雨がくる。現地の人は、それをシャワーと呼んでいた。文字通り、シャワーに似ている。まばゆい陽射しが降りそそいでいる、そんな時に、ふいに、通り雨がやってくる。天気雨のことが多いのだけれど、ほんの何分か、通り雨が降っては去る。そのあとに、虹《にじ》がかかることも多い。それが、ハワイの天気の特徴だった。

彼女の場合も、それに似ていると思った。明るい表情が、悲しげに変わるというのではない。明るい表情の中に、ふと一瞬、翳りが走り過ぎる……。それは、あのハワイの通り雨を想わせた。ただ、どんな通り雨が、彼女の心を走り過ぎるのかは、わからない。僕は、そんなことを思いながら、医師の河中が出してくれた入眠剤を飲んだ。エルトン・ジョンが、〈グッバイ・イエロー・ブリック・ロード〉を唄《うた》っている。それを聴きながら、ゆっくりと眠りに落ちていった。夢の中で、ハワイの通り雨を見た。

7　彼女の手が、震えていた

その翌日、チンピラの松井がやってきた。この前と、すべて同じだった。ボートで海に出て、戻ってくる。釣れなかったといって、わめいた。貸し竿《ざお》を、手で折った。店に置いてあったポイント図を手にとり、

「何が、キスだ、カワハギだ！　釣れねえじゃねえかよ！」

と、凄《すご》んだ。ポイント図を引きちぎった。僕は、やつをまっすぐに見る。

「この前も言ったが、あんたが下手《へた》だからだ」

と言ってやった。サングラスをかけていても、やつの表情が変わったのがわかる。

「てめえ、もう一回言ってみろ！」

「何回でも言ってやるよ。あんたが下手なんだ。釣りのど素人なんだよ」

僕は言ってやった。やつを挑発しているのは、わかっていた。やつが、刃物でも抜くかな、と思っていた。心のどこかで、自分がそれを期待していることもわかっていた。

が、やつは、それ以上のことはしなかった。嫌がらせをするだけで、暴力ざたにはするなと、上の誰かに指示されているのかもしれない。やつは、

「けっ」

と言う。店の床に、ツバを吐《は》いた。肩をいからせて、店を出ていった。

翌日。やはり、明け方の四時頃に目が醒《さ》めてしまった。顔を洗い、砂浜に出る。明け方の砂浜を、ゆっくりと歩いた。一時間ほど歩いた。けれど、ビーチグラスは、一個しか見つからなかった。小さく、少しゆがんだ楕円《だえん》だった。けれど、淡いブルーが美しかった。

その日、貸しボートの客は、一組だった。若い男二人の客だった。午前九時頃から、熱心に釣っていた。戻ってきたのは、午後三時頃だった。小型のクーラーボックスには、白ギスが、かなりの数、入っていた。

「大漁じゃないか」

僕は言った。彼らは、

「なんか、知らない魚が釣れちゃったんですけど……」

と言った。僕は、クーラーをのぞいた。それは、カサゴだった。そこそこのサイズのカサゴが二匹、クーラーの底にいた。僕は、それがカサゴだと、彼らに教えた。

「これは、美味《うま》い魚だぜ」

と言った。けれど、彼らは、ためらっている。カサゴは、赤黒い色をして、頭と背には、ごついトゲがある。一見、グロテスクだ。

「ぼくら、これはさばけないし、置いていきます」

と言った。


その釣り客が帰ったあと、僕は河中医院に行った。三日分の入眠剤が切れたところだった。医院にはあい変わらず、患者がいない。河中は、診察室で、釣りの仕掛けをつくっていた。岸壁からイワシや小アジを釣るためのサビキ仕掛けをつくっていた。老眼鏡をかけ、手を動かしていた。僕が診察室に入っていくと、

「ちょっとだけ待ってくれ。こいつを結んでしまうから」

と言った。サビキ仕掛けの端に、スナップ付きのヨリモドシを結びつけた。でき上がった仕掛けを、四角く切ったボール紙に巻きつけた。しまった。僕を見る。

「さて……」

と言った。

「入眠剤は、どうかな？」

と河中。僕は、なりゆきを説明した。飲めば、寝つくことはできる。けれど、午前四時頃になると、目が醒めてしまう。そのことを話した。河中は、うなずきながら、カルテに書き込んでいる。僕を見た。

「入眠剤そのものは合ってるらしいが、薬が効いている時間が少し短いようだな。じゃ、同じタイプの入眠剤で、もう少しだけ長く効くものを使ってみるかい？」

と河中。僕は、うなずいた。

「じゃ、それを、一週間ほど飲んでみてくれ。その結果を見て、また考えよう」

と言った。カルテに、ボールペンを走らせはじめた。

河中医院から戻った僕は、ブイヤベースをつくりはじめた。材料はカサゴだけだけれど、まあ、これでも、ブイヤベースと呼んでもいいだろう。

カサゴの頭を落とし、それでスープをとる。魚の匂いをのぞくために、ショウガ、パセリ、それに白ワインを入れた。時どきアクをとりながら、スープを煮ていく。時間をかけるほど、いいスープがとれるのだけれど、今日は、四〇分ぐらいで火をとめた。スープを、清潔な布で、漉《こ》す。淡い金色をしたスープがとれる。これで、もう、できたも同然だ。

ニンニク、玉ネギ、赤トウガラシをオリーヴオイルでいためる。潰《つぶ》したトマトを入れる。

そこへ、金色のスープを注ぎ込む。しばらく、煮る。バジルが欲しいところだけれど、今日はないので我慢する。

カサゴの身は、たいした量ではない。もともと、頭が大きく、身の少ない魚だ。中型のカサゴが二匹分。一人で食べるには、ちょうどの量だろう。最後の仕上げ。鍋《なべ》に、東京の部屋から持ってきたサフランを入れる。塩を入れ、味をととのえる。そして、カサゴの身を入れた。カサゴは新鮮だ。中火でものの一〇分も煮れば充分だ。いい香りが、台所に立ちのぼる。

やや深めの皿に、ブイヤベースを入れる。僕は、勝手口を開け、外へ出た。テーブルに皿を置く。カリフォルニア・ワインの白とコップも出してくる。コップに、冷えたワインを注ぐ。食べはじめた。まだ、夕陽が水平線の少し上にいる。風はもう、初夏のものだった。僕は、金色に染まったカサゴの身をほぐし、スープとともに口に運びはじめた。

彼女の姿が見えたのは、一五分ぐらいした時だった。今日は、ジーンズをはいている。上にヨットパーカーをはおっている。ビーチグラスを探しながら、ゆっくり歩いてくる。やがて、僕に気づいた。この前と同じように、おじぎをした。僕は、手招きした。彼女は、ゆっくりと、こっちに歩いてくる。コンクリートの石段を上がってきた。

「こんにちは」

と言った。僕は、うなずく。ショートパンツのポケットから、ビーチグラスを出した。テーブルに置いた。

「今日は、一個しか見つからなかった」

と言った。彼女は、それを手にとる。

「……いいんですか？……」

「もちろん。貸しボート屋は、ヒマだから、探す時間はいくらでもある」

僕は言った。それは、まんざら嘘でもない。彼女は、明るい表情で、ビーチグラスを見ている。そして、

「じゃ……遠慮なく」

と言った。そのビーチグラスを手にしたまま言った。僕は、ブイヤベースを食べ終わろうとしていた。彼女は、微笑し、

「……いい匂い……。ブイヤベースですね……」

と言った。僕は、うなずいた。そして、

「もしよかったら、どう？　スープだけならあるよ。飲んでみる？」

と言った。カサゴの身は、僕がもう食べ終わるところだった。けれど、スープは、まだ鍋に残っている。ブイヤベースは、魚介類を食べるものだという人がいる。逆に、ブイヤ

ベースは、スープだという人もいる。僕には、どうでもいい。ただ、今日のスープが、美味いことは確かだ。

「よかったら、温めるけど……」

僕は、彼女に言った。どっちみち、スープは、あまってしまうのだ。彼女は、迷っている。ブイヤベースのスープを飲んでみるかどうかで、迷っているようだった。それが、そのまま表情に出ている。正直な性格なのだろう……。

「無理にとは言わないけど、なかなかいけるよ。さっぱりしてるし」

僕は言った。それは、嘘ではない。もともと、カサゴは淡白な魚だ。そのカサゴからとったスープ。トマト、玉ネギ、サフランの味もきかせてある。魚の匂いは、あまり感じられないはずだ。

やがて、迷っていた彼女は、小さく、うなずいた。

「いただいても、いいですか？」

と言った。僕は、うなずき、

「もちろん」

と言った。勝手口から台所に入る。鍋を、また火にかけた。すぐに温まった。深めの皿にとる。持って、外に出た。テーブルに置いた。スプーンも、置いた。彼女は、イスに腰かける。

「じゃ、いただきます」

と言い、軽く頭を下げた。スプーンを手にとった。スープを飲もうとした。その手が、止まっている。スプーンを持った手が、止まってしまっている。しかも、よく見ると、その手が、かすかに震えている……。

理由はわからないが、彼女は緊張しているようだ。僕は、それ以上彼女を緊張させないように、自分の食器を片づけはじめた。そうしながら、さりげなく、彼女の様子を見ていた。彼女は、かすかに震えている手で、スプーンを動かしはじめた。決意した、というような感じで、スプーンを動かす。そっと、スープをすくう。ごくごくゆっくりと、口に運んだ。飲んだ。そして、四秒後、

「……美味《おい》しい……」

と小声で言った。僕の顔を見て、

「美味しいです」

と言った。僕は、〈よかった〉という微笑を見せ、自分が使い終わった食器を持って、台所に入った。何かの理由で、彼女は、緊張しているのだ。いまは、そっとしておいてやった方がいいだろう。僕は、自分が使った皿やスプーンを洗いはじめた。

外に出る。彼女は、スープを飲み終えたところらしかった。もともと、たいした量ではない。スプーンはもうテーブルに置かれていた。彼女は、膝《ひざ》に両手を置き、

「ごちそうさま」

と言った。頭を下げた。僕も笑顔を見せ、

「いや、なんの」

と言った。

「いまのブイヤベース、なんのお魚でとったスープなんですか？」

彼女が訊《き》いた。見れば、彼女の表情と口調が明るい。いままでで初めてと思えるほど、快活だった。スープを飲みはじめるまでの緊張した顔や動作が、いまは別人のようだった。彼女の中で、何かのスイッチが切りかわったのだろうか……。僕は、

「今日のスープ、魚はカサゴ」

と言った。彼女は、うなずいた。

「カサゴ……わたしも釣ったことあるわ」

「……釣った？……」

「そう。ここの坂本さんのボートを借りて、父と釣りにいって……」

彼女は言った。僕は、うなずいていた。彼女の家は、ここに別荘を持っている。父親とボート釣りに出ても、不思議はない。

「……あれは、わたしがまだ小学生の頃だったわ……。わたしが、釣ったカサゴをつかんじゃって、トゲを手に刺しちゃって、大変だった……」

「じゃ、よく釣りには？」

と僕。彼女は、うなずいた。

「以前からここに家があったから……釣りもしたし、子供だった頃から、夏は、朝から晩まで水着で海にいたわ……」

つぶやくように、彼女は言った。暮れていく水平線を見つめている。過ぎ去った日々を見ているのかもしれない。

「釣りか……。また、やってみたいなあ……」

彼女が、つぶやいた。本気に感じられる口調だった。

「またやればいいじゃないか。よければ、つき合うよ」

僕は言った。彼女が、僕を見た。

「……本当に？」

「ああ、お安いご用さ」

「……本当に？」

「本当だって。ボートはあるし、釣り道具もあるし……。さっそく明日でも、いってみるかい？」

僕は言った。この二、三日、天気は安定しているはずだった。

「でも……本当に、いいんですか？……」

「大丈夫。二、三時間なら、なんの問題もないよ」

僕は言った。それは本当のことだ。結局、明日の昼過ぎからボートを出すことにした。

彼女は、明るい笑顔を見せ、帰っていった。

その夜。入眠剤を飲む前。僕は、布団に仰向《あおむ》けになり、思い返していた。

夕方。彼女が、ブイヤベースのスープを飲もうとした時のことを、思い返していた。彼女は、飲む時、どうしてあれほど迷ったのだろう。そして、なぜ、ひどく緊張していたのだろう。手が震えるほどに……。

僕が飲み食いしているところへきた彼女は、すぐに、〈ブイヤベースですね〉と言った。ということは、ブイヤベースというものを知っていた……。初めて口にするわけではない。それなら、特別に緊張することはないと思えた。もし味が口に合わなければ、途中でやめてしまえばいいのだ。それなのに、なぜ……。そこまで考えて、僕は深く考えるのをやめた。いま考えても、仕方ないことだ。いずれ、わかってくることもあるだろう。僕は、入眠剤を飲み、布団に入った。


「こんにちは」

明るい声がした。彼女は、歩いてきながら、おじぎをした。僕も、

「どうも」

と答えた。午後二時少し前。砂浜。うちのボートが並んでいるところだ。僕は、白ギス釣りの準備をして、ボートに腰かけていた。まずまず晴れている。風は、南西からの微風。潮は大潮の初日。ボート釣りには、悪くないコンディションだろう。

彼女は、いつものヨットパーカーを着ている。肩に、小さめのデイパックをかけている。膝たけのコットンパンツをはいている。足もとには、ビーチサンダル、いわゆるゴムゾウリを履いている。濃いブルーの、シンプルなビーチサンダルだ。僕も、ショートパンツにビーチサンダルというかっこうだった。釣り竿を二本持っていた。

この時間に客がこないということは、今日は客がこないということだ。僕は、ボートを波打ちぎわまで持っていった。ボートに、釣り道具や、小型のクーラーボックスを置いた。

僕らは、ボートを海に出した。彼女の身のこなしは、ボートに乗りなれている人のものだった。子供の頃から乗っているのだから、当然だけれど。

僕は、オールを握る。漕《こ》ぎはじめた。波がほとんどないので、漕ぐのは楽だった。砂浜が遠ざかっていく。彼女は、眼を細め、あたりを眺めている。子供の頃、父親と釣りに出た、その頃を思い起こしているのだろうか……。

ポイントに着いた。僕は、アンカーを海に落とした。アンカー・ロープがするすると出ていく。彼女も、それを手伝ってくれる。やがて、アンカーが着底した。僕らは、釣りの準備をはじめた。はじめ、彼女は、僕がやることを見ていた。それを見ているうちに思い出したのだろう。自分でも、仕掛けの準備をはじめた。

僕は、釣り鉤《ばり》に、エサのジャリメを刺しはじめた。そうしながら、彼女の方も見ていた。ジャリメは、ミミズに似て、見なれない人にとっては、かなりグロテスクなものだ。さわることもできない女の人は多い。

けれど、彼女は、なんのためらいもなく、ジャリメのパッケージに手をのばした。一匹つかむ。ヌルヌルとするジャリメを、ボロ布に押しつける。釣り鉤を刺した。

普通、白ギス釣りの仕掛けは、二本鉤だ。僕らは、二本の鉤にエサのジャリメをつけ、海に入れた。僕は、四、五メートル先に、仕掛けを投げた。彼女は、真下に仕掛けをおろした。

待つまでもなかった。いわゆる糸フケをとる。釣り糸をぴんと張って、約一分。僕の方に、当たりがきた。竿先が、ピクリと動いた。続けて、ツッと動いた。僕は、軽く、合わせた。魚がかかった手ごたえ。僕は、スピニング・リールを巻きはじめた。竿先が細かく震えている。

やがて、魚が海面に姿をあらわした。白ギスだった。二〇センチぐらいの白ギスだった。鉤も呑《の》み込まれていない。うまく、口の端に鉤がかかっている。パールの色をした魚体が、陽射しを浴びて、淡い虹色《にじいろ》に輝いている。彼女がそれを見て、

「……きれい……」

と言った。そう言っている彼女にも、すぐに当たりがきた。

「きた」

と言いながら、スピニング・リールを巻きはじめた。竿が、かなり大きく曲がっている。

「大きいんじゃないか?」

僕は言った。彼女は、ちょっと首をひねる。それでも、手なれた動作でリールを巻いていく。魚が上がってきた。白ギスが二匹、鉤にかかっていた。それで、竿が曲がっていたわけだ。

「ダブル」

彼女が言った。その声が元気だった。表情が、ティーンエイジャーの少女のようだった。

僕らは、協力して、二匹のキスを鉤からはずし、クーラーボックスに入れた。

それから約二時間。ポイントを三回変えて釣った。大潮ということもあり、魚はよく釣れた。彼女は、ひどく楽しそうに釣りをしていた。いつも、ビーチグラスを探しながら、うつ向いて砂浜を歩いている姿とは、かなり違っていた。

やがて、僕らは、ボートを砂浜に向けた。砂浜にボートを上げる。釣り道具を片づけながら、クーラーボックスを開けてみた。白ギスは、二〇匹以上いる。天プラにしても、かなりの量になる。僕は彼女に、キスを持って帰るようにすすめた。けれど、彼女は首を横に振った。

「あ、いいです……」

とだけ言った。

「でも、今日は、本当に楽しかった……。ありがとうございました」

と礼儀正しく言った。釣りに使った道具を、きちんと片づけた。

「また、釣りに連れていってください」

「……もちろん」

僕は、うなずきながら言った。彼女は、

「じゃ……」

と言い、おじぎをした。遅い午後の砂浜を歩いていった。僕は、しばらくの間……いや正直に言うと、彼女の姿が見えなくなるまで、その後ろ姿を見つめていた。

さて、どうしたものか……。僕は、考え込んでしまった。白ギスが二〇匹以上。天プラにしたら、三、四人分はあるだろう。キスを開きにして、一夜干しにすることはできるけれど、釣りたての新鮮なキスだ。それは、もったいない……。そこで、僕はふと思いついた。あの、医師の河中。あのじいさんなら、キスをもらってくれるかもしれない。少なくとも、奥さんがいることはわかっている。天プラ用に、もらってくれるかもしれない。

僕は、店に戻る。とりあえず、電話してみることにした。河中医院の番号をプッシュした。奥さんが出た。僕が話しはじめると、すぐにわかったようだ。〈先生いらっしゃいますか?〉と言う。三〇秒ほどで、河中が出た。僕の声をきくと、

「ああ、あんたか」

と河中。僕は、用件を話した。

「キスか……そりゃ嬉《うれ》しいね」

河中は言った。僕が、持っていきますと言うと、〈いや、私が行くよ。ちょうど、散歩に出ようと思ってたんだ〉という答え。すぐに電話は切れた。

一五分ほどで、河中はやってきた。今日も、長袖《ながそで》のポロシャツ。グレーのズボンをはいている。足もとには、安っぽいサンダルをつっかけている。僕は、台所の外で、ビールを飲みはじめたところだった。冷蔵庫から、新しい缶ビールを出してくる。河中にさし出した。

「ああ、すまんね」

と河中。気さくな口調で言った。ゆっくりと、缶ビールのプルトップを引く。飲みはじめた。

「ところで、入眠剤は、どうかな？」

河中が訊いた。僕は、いいようだと答えた。確かに、夜の一一時過ぎに飲んで寝たとして、朝の六時近くまでは、寝ていられる。僕がそう言うと、河中は、うなずいた。

「うまく合ったんだろうな。じゃ、しばらくは、いまのを続けてみよう……」

と言った。ビールを、ひとくち飲んだ。

「……ところで……」

僕は、口を開いた。

「河中先生は、心療内科の方が専門なんですか？」

と訊いた。ごく単純な質問だった。河中との、ここしばらくのやりとり。その間に、感じたことだ。入眠剤に関する話の中で、河中の言葉や口調は、経験の長さのようなものを感じさせた。それは、東京の大病院で話したほかの医師には、あまり感じられなかったものだった。

僕が、その質問をすると、河中は、すぐには答えなかった。何秒か、無言でいた。やがて、小声で何か言った。僕にはききとれなかった。

河中は、また、ビールをひとくち飲む。僕は、彼の横顔を見ていた。いままでの河中は、その年齢にしては、はっきりとした口調で物を言う人間だった。それにしては、いまの様子は、ちょっと違っていた。かなり、口ごもっていた。僕が彼の横顔を見ていると、やがて、河中は、口を開いた。

「……内科も、心療内科も、昔からやってるよ……」

と言った。今度は、僕にもききとれる声だった。といっても、いつもより小さな声だった。河中は、缶ビール片手に、海を眺めている。少しぼんやりとした表情で、暮れていく海を眺めている。その眼は、前に拡がる海ではなく、何か、遠い日を見ているように思えた。僕も河中も、それ以上、言葉をかわさなかった。頭上では、カモメが二、三羽、風に漂っていた。

8 水絵

また、チンピラの松井がやってきた。前の二回と同じだった。

「ボートと釣り道具、貸せよ」

と、凄《すご》んだ口調で言った。どうせ、また、同じことになるのは、わかっている。僕はもう、腹をくっていた。

「あんたに貸す釣り道具なんて、ないね」

「……なんだと……」

「あんたみたいな下手《へた》くそに貸す道具なんて、ないって言ってるのさ」

僕は言ってやった。やつが怒って暴力をふるう。あるいは、僕を刺す。もしかしたら、別の誰かをよこして、僕を片づけようとするかもしれない。〈片づける〉。いい言葉だ。片づけてもらってけっこう。僕は、胸の中で、つぶやいていた。

「下手、下手って言うな！」

松井が、どなった。

「下手なものを下手と言って、何が悪い。あんたみたいな下手っぴい、見たことないね」

僕は、さらに言った。つかみかかってくるか……。殴りかかってくるか……。刃物で刺してくるか……。が、やつは、動かなかった。深呼吸を二度ほどしている。頭を冷やしているのか……。やがて、松井は、僕とまっすぐに向かい合った。僕の方が、やつよりかなり背が高い。やつは、少し腹を突き出し、顎《あご》を上げた。顔を斜めにかたむけ、ひとを見上げた。わざとらしく、薄笑いを浮かべている。

「あんた……ひとのことを下手だ下手だと言ってるが、じゃ、あんたは、そんなに上手《うま》いのか？」

「少なくとも、あんたよりは、ましだろうな」

僕は言った。やつは、薄笑いを浮かべたまま、

「そうか、面白いじゃないか……。じゃ、あんたのその腕前を見せてもらおうじゃないか、え？」

と言った。

「もし、口ほどにもなかったら、とことんぶちのめしてやる。わかったか？」

と松井。腹に力を入れた声で言った。

その三〇分後。僕と松井は、海の上にいた。砂地にアンカーを打ち、釣り道具の用意をはじめた。松井のための道具も、持ってきていた。

松井が、釣り鉤《ばり》に、ジャリメを刺している。けれど、ジャリメの頭のところだけに鉤を刺している。いわゆる〈チョンがけ〉のようになっている。教えたことを、まるで覚えていない。それでは、まず、白ギスは釣れない。それでも、松井は仕掛けを海に放り込んだ。やがて、重りが底に着く。糸がたるむ。松井は、リールを巻く。糸が張る。けれど、リールを巻き過ぎている。やつの仕掛けは、いま、海底から一メートルぐらい上にあるだろう。白ギスは、海底すれすれを泳いでいる魚だ。

「それじゃ……」

僕が松井に言いかけると、

「うるせえ!」

と、やつは、どなった。仕方ない。放っておくことにする。僕は、自分の釣り鉤にジャリメを刺し通す。そして、仕掛けを、少し投げた。数秒で重りが底に着いた。少しリールを巻いて、釣り糸をぴんと張る。この前、彼女と釣りに出たのが一昨日《おととい》。まだ、大潮。潮がよく動き、魚の喰《く》いはいいはずだった。

二、三分で、当たりがきた。明快な白ギスの当たりだ。僕は、リールを巻く。海面に、キスが姿をあらわした。約一五センチ。やや小型だ。僕は、それを海から上げる。松井は、もちろん、こっちを見ている。僕は、キスを鉤からはずす。

「小さいから放す」

と言った。キスを海面に滑り込ませた。キスは、明るい陽射しが揺れる海中に泳ぎ去っていった。松井は、無言で、それを見ている。

すぐに、つぎの当たりがきた。リールを巻く。さっきより少し大きいのがわかった。海から抜き上げる。二〇センチ・オーバー。まずまずだろう。僕は、それを、クーラーボックスに入れた。松井は、もちろん、それを見ている。あきらかに面白くなさそうな表情をして、見ている。

当たりは、面白いようにきた。仕掛けを入れて二、三分以内に、竿先《さおさき》がツッッと動く。軽く合わせると、必ず、かかる。魚の喰いが立っているのだ。ただ、今日は全体に小型のキスが多い。一五センチあるかないかのサイズが多い。その大きさは海に放すと決めている。キープするのは、二〇センチ以上あるものだ。だから、五匹釣ると、四匹は逃がすことになる。

それにしても、僕の方には、ひっきりなしに魚がかかる。松井の竿は、ピクリとも動かない。たまに仕掛けを上げると、もう、エサはとられている。やつは、むっつりした表情を隠さない。ふてくされはじめている。

約一時間が過ぎた。僕はもう、三〇匹近くの白ギスを釣っただろう。そのうち、キープしたのは五、六匹だ。あとは、みな海に放した。松井に見せつけるのは、もう充分だろう。僕は、そろそろ、仕掛けをしまおうと思っていた。その瞬間だった。竿先が、大きく引き込まれた。竿が、ボートの船べりに当たりそうになった。

僕は、竿を立てた。両手でささえた。竿全体がガクガクと震えている。僕は、リールをゆっくりと巻きはじめた。キスとは、あきらかに違う手ごたえ。鋭く、ゴッゴッとした手ごたえだ。時どき、スプールが逆転し、釣り糸が引き出される。

松井も、自分の竿を置いて、こっちを見ている。

「……なんだ……」

「たぶん、カワハギ。わりといいカタらしい」

僕は言った。このゴッゴッとした引きは、カワハギ独特のものだ。しかも、かなり大きそうだ。竿は、丸く大きく曲がっている。僕は、ゆっくりと、けれど確実にリールを巻いていく。

二、三回、釣り糸を引き出された。けれど、魚は海面に上がってきた。やはり、カワハギだった。僕は、それをボートの上に抜き上げた。平べったい魚体。濃いグレーをしている。手に持つと、魚体は、ウロコがなくゴワゴワとしている。体長は、二五センチ、いや、三〇センチ近くあるだろう。

松井も、そのカワハギを見ている。その表情には、驚きがあらわれている。さっきまでの、ふてくされた表情ではない。つい、正直な感情が出てしまったのだろう。僕は、カワハギを、クーラーボックスに入れた。松井の表情が、もとに戻った。むっつりとした無表情になる。やつは、砂浜に戻るまで口を開かなかった。ボートを片づける。帰りぎわ、やつは、

「けっ」

とだけ言い捨てた。釣り竿を、店の床に放り投げた。クーラーボックスを軽く蹴《け》った。無言で店を出ていった。

河中が処方してくれた入眠剤は、ほどよく効いてくれていた。その日も、僕は、六時頃に起きた。薄いコーヒーを淹《い》れる。テレビの天気概況を見ながら、ゆっくりと、コーヒーを飲んだ。

そろそろ、ボート屋の準備をはじめる時間だった。僕は、アンカーとアンカー・ロープ

を二組持つ。店を出る。砂浜へ。ボートが置いてある方に歩いていく。今日は薄曇りだ。並んでいるボートのそばに、何か落ちていた。砂浜に、白っぽい布のようなものが落ちている。どこからか風で飛んできたビニールシートが落ちているような感じだった。近づいていく。それは、布でもシートでもなかった。人間だった。彼女がいつも着ているヨットパーカーが見えた。コットンパンツ。スニーカー。そして、彼女の髪……。

僕は、アンカーなどを砂浜に落とす。駆け寄った。

彼女は、横向きに倒れていた。髪が、顔を隠している。僕は、彼女の髪をかきわける。蒼白《あおじろ》い横顔。眼を閉じている。僕は、首筋に触れた。頸動脈《けいどうみゃく》に触れてみた。肌に体温はある。脈もある。生きている。こわばっていた僕の胃のあたりから力が抜けた。

僕は、彼女の肩を、軽くゆすってみた。声をかけようとして、彼女の名前をまだ知らなかったことに気づいた。僕は、片手で彼女の頭を下からささえる。

「大丈夫か？」

と言いながら、彼女の肩をゆすった。そうしながら、頭の中は、めまぐるしく回転していた。人が倒れた場合、どうする……。まず、あまり動かさない方がいい。それを思い出した。頭をささえたまま、軽く肩をゆすった。声をかけ続けた。

やがて、彼女のまつ毛が、細かく震えるように動いた。眼が、うっすらと開いた。眠っていた人が、目を醒《さ》ました、そんな感じだった。

「大丈夫か？」

また、僕は声をかけた。うっすらと開いた彼女の眼が、ゆっくりと開いていく。まだ半開きだけれど、その瞳《ひとみ》が動いた。ピントは、しっかりと合っていない感じだ。それでも、僕の方を見た。

「どうした」

僕は訊《き》いた。彼女の唇が動いた。唇は動くけれど、言葉にならない。やがて、かすれた細い声で、

「……ヒンケツなんです……」

と言った。彼女の言った〈ヒンケツ〉が、〈貧血〉だと理解するまでに、少し時間がかかった。

「貧血で、倒れたのか？」

僕は訊いた。彼女は、小さく、ゆっくりと、うなずいた。朝、砂浜を歩いていて、ひどい貧血になり倒れた、ということらしかった。僕は、少し安心した。

彼女が小声で言った。

「……河中先生に……連絡をとってもらえますか……」

と言った。河中……。彼女も、あの河中にかかっているらしい。

「それはいいけど……ここじゃ……」

僕は言った。砂浜に倒れたままでは……。僕は、彼女の頭を少し持ち上げた。

「起き上がれるか？」

と言った。彼女は、ゆっくりと、体を起こそうとした。僕がささえ、上半身を起こした。

僕は、彼女をささえる腕に力を込めた。起き上がらせようとした。けれど、無理だった。

彼女は、体に力が入らないようだった。立ち上がらせるのは難しい。

僕は、彼女を抱き上げようとした。とりあえず、ボート屋まで運ぼうとした。全身に力を入れる。なんとか、彼女を抱き上げた。そして、気づいた。彼女の体重が、意外に軽いことに気づいた。大人にしては、軽い。それで、なんとか、一人で抱き上げることができた。

抱き上げて、ゆっくりと、一歩一歩、砂浜を踏みしめていく。特に石段は慎重に上がっていく。

ボート屋の出入口は、開けっぱなしになっている。僕は、彼女を店の中に運び込んだ。

やっとのことで、居間のようなスペースに、彼女を運び込み、畳の上に、彼女をおろした。

そっと、寝かせた。彼女は、仰向《あおむ》けに寝て、うっすらと眼を開けている。小声で、

「……すいません……」

と言った。

「河中先生だっけ」

僕は言った。彼女が、うなずいた。僕は、電話のところに行こうとして、彼女の名前を知らないことを思い出した。僕は彼女のそばに行き、

「君の名前は？」

と訊いた。

「……コバヤシ・ミナエです……」

彼女が、弱いけれど、はっきりとした声で言った。僕は、うなずいた。居間から店におりる。電話で、河中医院の番号をプッシュした。七、八回鳴って、女性が出た。たぶん、河中の奥さんだろう。僕が、

「朝早くから、すみません。先生は、いらっしゃいますか」

と言うと、

「はい、ちょっとお待ちください」

と、てきぱきとした答えがかえってきた。一〇秒ぐらいして、

「ああ、あんたか」

河中の声がした。張りのある声だった。僕は、簡単に事情を説明した。〈コバヤシ・ミナエ〉という名前を出すと、河中にはすぐにわかったらしい。

「ああ、じゃ、いまから行く」

と言った。電話を切った。僕は、居間に戻った。寝ている彼女に、河中が来てくれると伝えた。彼女は仰向けになったまま、

「……すいません……迷惑かけちゃって……」

と言った。彼女の頬には、少し砂がついていた。僕は、タオルでその砂をぬぐってやった。二階から、自分が使っている枕を持ってきた。彼女の頭を持ち上げ、頭の下に枕をあてがってやった。彼女は、

「……ありがとうございます」

と言った。

一五分ほどして、河中がやってきた。今日も、ビニールのサンダルをつっかけている。こげ茶色をした革のカバンを持っていた。四角く、やや厚みのあるカバンだった。往診の時に使うものらしい。

河中は、店に入ってくる。僕の顔を見ると、何も言わず、うなずいた。サンダルを脱ぎ、店から、居間に上がる。寝ていた彼女が、

「……すいません」

と言った。河中は、やはり無言でうなずいた。革のカバンを開けた。

まず、中から、細いパイプをたたんだようなものをとり出した。手慣れた動作で、それを開いていく。何か、三脚のようになったものだった。音楽家が使う譜面台、そんな感じの三脚だった。ただし、上の方に譜面をのせる台はなく、丸く曲がったフックのようになっている。

河中は、カバンから、ビニール袋をとり出した。僕にも、それが点滴液だと、わかった。同時に、三脚が何かもわかった。それは、点滴液を吊《つ》るすためのものらしかった。

河中は、三脚の一番上にあるフックに、点滴液を引っかけて吊るした。点滴液を送るためのチューブをセットした。彼女のヨットパーカーの腕をまくる。消毒綿で腕の一ヵ所を拭《ふ》く。点滴の針を刺した。それらの動作は、いかにも、やり慣れているように見えた。ということは、彼女が、こうして貧血で倒れたというのは、初めてではないということだろうか……。

やがて、点滴液が、リズミカルに落ちはじめた。彼女は、眼を閉じた。河中は、点滴液が落ちるテンポを微妙に調節した。彼女は、眠ったように動かない。

彼女が元気をとり戻したのは、二時間後だった。点滴は終わっている。彼女は、そっと起き上がった。しばらく、畳の上に座っている。顔色は、だいぶ良くなっていた。視線も、さだまってきている。彼女は、僕と河中に向かい、

「ご迷惑をおかけしました」

と言いながら、頭を下げた。

「それはいいけど、家に戻れるかい？」

河中が訊いた。彼女は、ゆっくりと立ち上がった。立ち上がる時、一瞬、体がふらついた。僕が、ささえた。

「……ごめんなさい」

と彼女。それでも、なんとか、歩けるようだった。居間から、店におりた。僕は、彼女の片腕に軽く手を添えていた。彼女がふらついた時、すぐささえられるように……。ゆっくりとした足どりで、彼女は歩きはじめた。僕は、あい変わらず、彼女の片腕に手を添えている。すぐ後ろに河中がいた。

店を出る。石段をゆっくりとおりて、砂浜へ。砂浜を踏みしめて歩いていく。五〇メートルほど歩き、砂浜から細い道へ。両側に松の木が並んでいる細い道。ゆるい上りになっている。

その小道を三〇メートルほどいく。彼女は、一軒の玄関に歩いていく。和風の門。かなり年月がたっている。木の表札に〈小林〉と書かれている。〈小林〉の文字が、年月をへて、読みづらくなっている。彼女は、その家の門を開いた。庭があり、二階家があった。家は、いわゆる和洋折衷《せっちゅう》というのだろうか。基本的には、和風建築だ。けれど、ところどころに洋風が混ざっている。窓に、ステンドグラスが使われていたりする。湘南《しょうなん》にある昔ながらの別荘に多い様式の家だった。

彼女は、家の玄関ではなく、庭の方に回っていった。庭も、和洋折衷だった。ところどころはげた芝生。庭のすみには、錆《さ》びかけたブランコ。周囲にあるのは、紫陽花《あじさい》、木蓮《もくれん》、そして、桜の樹が庭のすみにあった。

家には縁側《えんがわ》がある。踏み石があり、そこへ履き物を脱いで縁側に上がるようになっている。縁側の向こう、障子《しょうじ》は、開けっぱなしになっている。和風の居間があった。彼女は、縁側に上がる。

「……どうもご迷惑をおかけしました」

と僕らに頭を下げた。河中は、ただ、うなずいている。特に何も言わない。僕も、何も言わなかった。

「彼女……河中さんの患者だったんですね……」

砂浜を歩きながら、僕は言った。河中は、うなずいていた。並んで歩きながら、うなずいている。うちのボート屋が近づいてくる。

「ちょっとビールでも飲まんかな」

河中が言った。何か、話がある様子だった。僕は、うなずいた。朝起きて、何も食べていない。空腹は、ビールを飲みたくさせる。僕は、ボート屋に入る。台所にいった。昨日、晩飯のためにつくったカワハギの煮つけが残っている。僕は、それを火にかけ、温めなおした。器に入れ、勝手口から、外に持っていった。外にあるテーブルに置いた。外のイスには、河中が座っていた。僕は、冷蔵庫から、缶ビールを二缶出す。一缶を河中の前に置いた。

「あ、すまんね」

と河中。僕らは、缶ビールのプルトップを開けた。カワハギの煮つけを、箸《はし》で突つきながら、ビールを飲みはじめた。雲の間から、薄陽が射している。缶ビールを半分ほど飲んだ頃、河中が口を開いた。

「彼女、小林ミナエさんとは、かなり長いつき合いでね……。確か、彼女が高校生だった頃からだ……」

ぽつりと言った。

「ミナエというのは、どういう字を書くんですか？」

「飲み水の水、そして、絵を描《か》くという時の絵という字で、ミナエと読ませるんだ」

僕は、心の中で〈水絵〉という字を書いてみた。そこに、〈ミナエ〉というルビをふった。そうか……。

「彼女のお父さんが、〈水面《みなも》〉、〈水上《みなかみ》〉などという言葉がある。水彩画が好きでね……。だから、娘に、水絵という名前をつけたらしい」

河中が言った。そう言われて、ふと思い出した。彼女を家まで連れていった時、居間の中が見えた。居間の壁には、何かの花を描いた水彩画がかけてあった。そのことを、僕は思い出していた。

9　アクシデントは、突然に

「あの別荘は、彼女、水絵さんのおじいさんが建てたものでね……。私と小林さんの家のつき合いは、もう一五、六年になるかな……」

と河中。缶ビールを手に言った。

「彼女のおじいさんが、最初、私の医院にきてね……。それ以来だよ。水絵さんのお父さんが別荘に来ていて食あたりをおこしたり、水絵さんや弟が風邪をひいたり、いろいろあったよ……」

「……彼女には、弟さんがいるんですか……」

僕は訊《き》いた。

「ああ……確か、二歳違いの弟がいる。もう結婚して、あまり、あの別荘には来なくなったようだけどね……」

河中は、ゆっくりと缶ビールを口に運んだ。その視線は、遠くにそそがれている。

「……十代の頃から、弟よりも、水絵さんの方が活発でね……。夏のあいだ、毎日、海で遊んでいたよ、まるで男の子みたいにね……。大学生になっても、社会人になっても、水絵さんは、よく、あの別荘に来ていたね……。仲間と一緒に、よく海で泳いだり、バーベキューをしたりしていた……」

つぶやくように、河中は言った。子供の頃、父親とボートで釣りをしたことは、彼女の口からきいた。けれど、大学生になっても、社会人になっても、それほど海好きだったとは、少し意外だった。そんな僕の表情を、河中が見ている。

「まあ……いまの水絵さんを見てると、そんな姿を想像するのが難しいかもしれないがね……」

と言った。僕は、かすかに、うなずいた。河中が、一缶目のビールを飲み干した。そして、

「もう一缶、あるかね」

と言った。僕はうなずき、台所に入った。冷蔵庫から、缶ビールを出す。河中に渡した。河中は、ゆっくりとプルトップを開ける。口をつけた。何かを話してしまおうか、迷っている……。あるいは、話すために、二缶目のビールが必要なのか……。僕は、カワハギの煮つけを箸《はし》で突つく。ビールを、ひとくち。河中の言葉を待った。

やがて、河中は、二缶目を半分ほど飲んだ。海を眺めたまま、ぽつりと口を開いた。

「医者には、守秘義務、つまり、患者についての情報をよそに漏《も》らさない義務がある。特に、心療内科の場合は、重要なことだ。わかるよね」

と言った。僕は、箸を持ったまま、うなずいた。

「これから私が話すことは、その守秘義務に反することになるだろう……。けれど、大切なのは、守秘義務を守ることより、患者を救うことだと、私は思うので、あえて、話をしようと思う」

僕は、河中の横顔をじっと見た。

「……去年の十一月だから、約六ヵ月前のことになる……。彼女、水絵さんに、とても深刻なアクシデントがおきてしまってね……それが、彼女の心を深く傷つけたのはもちろん、彼女の体調にまで、影響をおよぼしているんだ」

「……アクシデント？……」

「……ああ……。その内容については、必要な時がきたら話をするが、とにかく、とてもショッキングな出来事だった……」

と河中。ビールの缶に口をつけた。

「それまでの彼女は、元気そのものの娘さんだったよ……。いま話したように、とても海が好きでね……。水彩画が趣味だったお父さんの影響があったのか、美術大学を卒業してからは、化粧品会社に入った……」

「化粧品？……」

「ああ……大手の化粧品会社に入って、パッケージのデザインをやっていたらしい。いつだったか、何かの化粧品を私に見せてくれて、〈このパッケージは、わたしがデザインしたの〉と、嬉《うれ》しそうに話してくれたよ……」

「……へえ……」

「そうしている彼女は、元気そのものでね……。仕事はバリバリとやっていて、よく休暇をとっては、海外に出かけていたね……。海好きだから、主に南洋が多かったようだけれど、私も、何回か、そんな南洋のお土産をもらったことがあるよ……」

話している河中の表情が少し、なごんだ。

「彼女の弟は、確か三〇歳ぐらいで結婚したんだが、水絵さんは、三〇歳を過ぎても、結婚もしないで、元気にとび回っていたね……」

「……彼女……三〇歳を過ぎてるんですか……」

つい、僕は訊いてしまった。正直なところ、二十代の終わり頃……二八、二九歳ぐらいと思っていたからだ。河中は、微苦笑しながら、うなずいた。

「水絵さんは、若く見えるからね……。けれど、いま確か、三三歳だよ。ああして人生を楽しんでいると、年もとりづらいのかもしれないな……」

河中は言った。カワハギの身を少しだけ箸で突つき、口に入れた。ビールをひとくち飲んだ。また、口を開いた。

「そんなふうに、元気にしていた水絵さんだが、ある日、突然におきたアクシデントによって、心身に、ひどいダメージをうけてしまった……。その後、仕事も辞めてしまった彼女は、あの別荘で暮らしはじめた……」

「一人で？」

河中は、うなずいた。

「もともと、海好きな彼女は、よく一人で、あの別荘に来てはいたがね……」

「……家族は？」

「もちろん、心配していて、できる限りやってくるよ。ただし、水絵さんの両親は、外務省の勤務で、いまはロンドン駐在なんだ。弟さんも、仕事上の都合で京都に住んでいる。それでも、両親も弟さんも、水絵さんのことを心配していて、私も、よく連絡をとっているよ。電話やメールでね」

「……メール……」

僕は、つぶやいていた。河中は、また苦笑い。

「馬鹿にしてはいけない。こんな年寄りでも、Eメールぐらいは使えるよ。特にイギリスにいる両親とは、メールのやりとりが多いな……」

と言った。そして、また、カワハギの身を、ひとくち、口に入れた。ビールを飲む。頭上では、トビが二羽、ゆっくりと輪を描いている。

「……そのアクシデントがおきてしばらくして、水絵さんは、私のところに来るようになった。最初は、あんたと同じで、寝つけないというので、まず、入眠剤を処方したよ。そうしながら、カウンセリングというか、いろいろ話をきいているうちに、彼女の心の傷が、ひどく深いことに私は気づいた。不眠などというレベルではない状態になるのではないか……そう感じた」

「…………」

「私の予測は、不幸にも当たってしまった。一ヵ月ほど過ぎた頃から、彼女は、痩《や》せはじめた……。医者の私が、注意深く見ていて、やっとわかる程度だがね……。そこで、少し時間をかけて、彼女からきき出したら、やはりという状態だった。……摂食《せつしよく》障害を起こしていた……」

「摂食障害……」

僕は、つぶやいた。

「拒食症という言葉、知ってるよね？」

と河中。僕は、うなずいた。

「拒食症は、摂食障害のひとつなんだけれど、彼女の場合も、一種の拒食症と言える。体、特に胃が、食べ物をうけつけなくなってしまったんだ」

「胃が……」

「そう。あんたも知っていると思うが、胃ってやつは、神経と密接に結びついているんだ。ストレスで胃が痛くなったりするだろう？……彼女の場合は、精神的なショックとその後遺症が、胃の機能障害をひき起こしたと考えられる」

「で……拒食症に？……」

「まあ、そうだな……。一種の拒食症だろう。胃が、固形物、つまり普通の食べ物をうけつけなくなってしまったんだ。水やジュースは大丈夫なんだが、ほかのものだと、みんな、もどしてしまう。胃が拒絶してしまうようだ。本人には、なんとか食べなくてはという意識があっても、いざ食べてみると、吐き気が襲ってくるという。心の傷が、胃の機能障害を起こしているとしか考えられない」

河中は言った。二缶目のビールを飲み干した。僕は、台所に入る。河中には三缶目、自分には二缶目のビールをとり出した。僕らは、飲みはじめた。

「……彼女がそうなって、もう長く？……」

僕は訊いた。河中は、しばらく考え、

「……私が気づいて、本人から直接話をきいたのが、四ヵ月ぐらい前かな……」

と言った。

「じゃ、彼女が口に入れられるものは、ジュースだけ？……」

「……ああ。水以外には、果物のジュースぐらいかな……。私がすすめて、トマト味の野菜ジュースは、飲んでいるようだ」

「でも……それじゃ、体が……」

「もちろん、栄養失調になってしまう。で、私も、点滴で、できる限りの栄養素を彼女の体に送り込むようにはしている」

「……点滴で……」

「ああ……。彼女は、週に二回うちの医院にきて、私が点滴をしているよ。けど……それにも限界があって、最近では、貧血を起こすようになってしまった。今日のように外で倒れたのは初めてだがね……」

「……それじゃ、どこかの病院に入れるとかは……」

と僕。河中は、うなずいた。

「それも、もちろん考えたよ。約三ヵ月前、彼女の両親、私、そして、いわゆる心療内科の専門病院の医師と、話し合った。彼女を入院させるかどうかについて……」

「……それで？」

「結論を言えば、彼女を入院させていい方向にむかう可能性は少ないということだ」

「…………」

「彼女は、いわゆる精神病の患者ではない。普通に物事を考え、判断することができる。精神そのものを病んでいるのとは違うんだ。それに、いまのところ、希死願望、つまり自殺の願望を持っているとも思えない。だから、いわゆる精神病院のような所に入院させる必要はないし、入院させるのはデメリットの方が大きいだろうという結論になったんだよ」

と河中。ビールでノドを湿らせた。

「入院させたからといって、彼女の摂食障害が治るとは思えないし、病院で彼女に投与するぐらいの向精神剤は、すでに私が投与しているしね……」

と言った。

「……じゃ、いま、彼女に対してできることは……」

僕は、河中の横顔を見て訊いた。

「……彼女の、自然治癒《ちゆ》力に期待するしかないんだ」

「自然治癒……」

「ああ……。彼女本人が好きなこの海辺で過ごしているうちに、彼女の心の傷が癒《いや》されていき、たとえ少しずつでも、摂食障害が治っていく……。それを期待するしかないというのが現状だね……」

河中は、つぶやいた。

「……とは言っても、彼女の体重は減っていく一方だし、貧血を起こす回数もふえてきた。私も、正直なところ、どうしたものかと悩んでいたんだよ。知っているかもしれないが、摂食障害で死に到るケースは多いしね……」

と河中。僕は、うなずいた。いわゆる拒食症という言葉の方が、僕らにはなじみがある。その拒食症で死ぬ人間が少なくないことは、知っていた。かつては、あのカーペンターズのカレン・カーペンターが拒食症で、若い命を落としたことは、よく知られている。

「まあ、そんなわけで、私としても、打つ手がない、手づまり状態で悩んでいたんだが……そこへ、少しいい徴候《ちょうこう》があらわれたんだ」

「……いい徴候？」

「……ああ……それは、あんたに関係することなんだ」

河中は言った。

「僕に？……」

つい訊きなおした。河中は、うなずいた。

「彼女は、私のところへ点滴にくるたびに、話をしていくんだ。その一日二日の間にあった出来事をね……。彼女は私とは相当に長いつき合いだから、心を開いて話してくれるよ。私としては、それは、彼女の状態を知る上で大切なことだから、ていねいに話をきいているんだ」

「………」

「ついこの前のことだ。彼女が話してくれた。初めて、ジュース以外のものを口にすることができた。しかも、美味《おい》しく感じたと……。それが、あんたのところで飲んだスープだった」

「……ブイヤベース……」

思わず、僕は、つぶやいていた。

「そう、それだよ。いままで、どんなスープのたぐいもダメだったのに、そのブイヤベースは美味しく感じたと、彼女は話してくれた。以前、彼女は地中海に行ったそうだ。海好きな彼女は、地中海に面した町や島を旅したらしい。その時に出合ったブイヤベースの味が忘れられなかったとも話してくれた……。その味や香りが、彼女の中に、確かな記憶として残っていたらしい」

と河中。僕を見た。

「ブイヤベースってのは、魚介類が材料だよね」

僕は、うなずいた。ブイヤベースのつくり方を、ごく簡単に河中に話した。そして、この前、彼女に飲ませたスープは、カサゴだけを使ったことも……。河中は、真剣な表情で、それをきいている。

「そうか……。カサゴは淡白で上品な味だし……。それにしても、コンソメスープも飲めなかった水絵さんが、魚のスープを飲めて、しかも美味しく感じたってのは、いい意味での一大事なんだ。いい徴候なんてものじゃないかもしれない」

河中は言った。僕は、うなずきながら思い出していた。彼女がブイヤベースのスープを飲んだ、あの時のことを思い出していた。

最初は、匂いにつられた彼女だった。僕がすすめると、かなり迷って、それでも、飲んでみることにした。けれど、いざスープを前にすると、かたまったようになってしまった。

スプーンを持った手が、小きざみに震えていた。あの時、彼女は自分の摂食障害と闘っていたのだろう。そして、ひとくち飲んで、〈美味しい〉と言った。やがて、飲み終えた。そのあと、表情や口調が、急に明るくなった……。

僕は、その時の状況を河中に話した。河中は、じっと、僕の話をきいている。僕が話し終わると、大きく、うなずいた。

「そのブイヤベースが飲めたことで、彼女自身にとっても、一筋の光明が見出《みいだ》せたのかもしれない」

と河中。目の前の海を眼でさして、

「あの光みたいに……」

と言った。曇り空。その雲のわずかなすき間から、一筋の陽光が海面に落ちていた。海面の一ヵ所だけが、陽射しをうけて光っていた。僕も河中も、その光景を眺めていた。やがて、河中が口を開いた。

「水絵さんが、そのブイヤベースを飲めた理由は、いくつかあるだろう……。まず、以前に地中海で口にしたブイヤベースの香りや味が、いい記憶として残っていたこと。第二に、ブイヤベースはトマト味がベースだということだが、彼女は、トマト味の野菜ジュースなら飲める。……つまり、トマト味に対して抵抗がないこと……。その二つは、確かな理由としてあると思う」

河中は、そこで、一度、言葉を切った。またしばらく海を眺めている。やがて、再び話しはじめた。

「ここから先は、私の推測も混ざるんだが、あんな状態の彼女が魚介のスープを飲めたということの理由として、あんたの料理の腕がよかったことがあるかもしれない。腕がいい、あるいは、ていねいにつくった……もしかしたら、その両方かもしれない」

と河中。僕が何か言おうとすると、箸を持った右手で、それを制した。

「いや、このカワハギの煮つけを食べて、わかったよ。あんたの料理は上手だ。うちの家内なんかより、よっぽど味つけのセンスがいい」

苦笑まじりに、そう言った。

「そんな君がつくったブイヤベースだから、水絵さんは飲めたのかもしれない。下手《へた》な人がつくったものなら、ダメだったかもしれない」

一艘《そう》の漁師船が、港を出ていく。一人だけ乗った小船が、港の防波堤を回り込んで、湾から出ていく。かすかに船外機のエンジン音がきこえた。

「ここまで話して、私が、なぜこういう話をしたか、わかってもらえるかな？　医師としての守秘義務に反しても、どうして彼女のことを話したか」

「………」

「彼女を救うために、あんたの力が必要だからだ」

はっきりとした口調で、河中は言った。僕は、反射的に、

「いや、それは……」

と、口に出していた。僕自身が死のうとして、この海辺にたどり着いた。間もなく、自分の人生にピリオドを打とうとしている。そんな僕が、人を救うなどと……。

僕がどう言おうか迷っていると、河中が口を開いた。

「このままだと、彼女は死んでしまうかもしれない。本人も、自殺しようとは思っていないものの、自分の命にあまり執着していないのも事実だ。死んだら死んだで仕方ないと、なかば諦《あきら》めているんだ。そんな彼女を救う、唯一の手がかりが、あんたのつくったブイヤベースなんだ。魚介のスープということで、すでに栄養がある。しかも、それを続けているうちに、彼女が、ほかのものも口に入れられるようになるかもしれない……。そうなれば、摂食障害にうち勝つことができる」

と河中。

「そのために、どうしても、あんたの力が必要なんだ」

と言った。頭上を舞っていたトビが、高度を下げて旋回しはじめた。もしかしたら、僕

らの皿を狙っているのかもしれない。けれど、無駄《むだ》だ。皿の中に、もう、カワハギの身は残っていなかった。

10　Zuppa di Pesce《ズッパ・ディ・ペッシェ》

翌日。正午少し過ぎ。僕は、河中医院に電話をかけた。奥さんが出て、すぐ河中に代わった。

「昨日の話なんだけど……」

僕は、切り出した。そして、

「まあ……僕にできることなら……」

と言った。それが、一晩考えた末の答えだった。

考えたのは、こんなことだ。間もなく自分自身がこの世からいなくなるにしても、その前にやれることがあるなら、してもいいではないか。しかも、それが誰かのためになるのなら……。思い返してみれば、これまで生きてきて、誰かのために何かしたことなど、なかったと気づいた。自分のささやかな人生の最後に、一回ぐらい、そんなことがあってもいいではないかとも思った。そんなことを、一晩にわたって思いめぐらした。そして、出した答えだった。

「そうか……。よかった」

と河中。

「……で、具体的には、どうすれば？」

僕は訊《き》いた。

「あんたに、例のブイヤベースをつくってもらって、彼女に飲ませてもらうことだな……」

河中が言った。

「それはいいけど……その理由を、彼女にはなんて……」

また、僕が訊いた。河中は何秒か考える。

「ある程度、事情をあんたに話したことにしなければ、かえって不自然だろうな……。ある事情から、一種の拒食症になっていることを、ほどほどにあんたに話したことにしなければならんだろう……。ああして、実際に貧血で倒れたわけだから、ある程度の説明をあんたにしたところで、彼女は気を悪くしないだろう……。水絵さんは、そういう性格の人じゃない……」

と河中。

「ちょうど、あと一時間ほどしたら、彼女が点滴にやってくるから、その時に話すよ」

と言った。僕は、わかったと答えた。できれば、今夜からでも、ブイヤベースをつくるつもりだと、河中に伝えた。

河中との電話を切った一時間後、朝から海に出ていた釣り客が、戻ってきた。今日、貸しボートの客は、ほかにいない。僕は、店を出る。ゴムゾウリを履いて、港に行った。岸壁にある魚の直売所に行った。今日も、直売所の外では、年寄りの漁師が二人、陽を浴びながら煙草を吸っていた。僕の顔を見ると、うなずいてみせた。地元同士のあいさつというほど親しげではない。が、まるでよそ者への対応でもない。その中間だった。

僕は、直売所の中へ入った。白い発泡スチロールのトロ箱が、ちょっと雑に並べてあった。アジ、サバ、サザエなどがトロ箱に入っていた。白い手ぬぐいを首に巻いた、漁師のおかみさんらしいおばさんがいた。僕は、

「カサゴないかな」

と訊いた。

「カサゴねえ……。あったような気がするけど……」

と、おばさん。あたりを見回す。そして、一個のトロ箱のところへ歩いていった。

そのトロ箱には、雑多な魚が、ごちゃまぜで入っていた。キス。メバル。ホウボウ。ト

ラギス、などなど……。網にかかった小型の魚を、氷水の中にまとめて入れてあるらしかった。

その中に、カサゴが一匹だけいた。少し褐色がかった赤い魚体。中型のものだった。これで、なんとかなるだろう。僕はおばさんに、そのカサゴをくれるように言った。おばさんは、うなずき、カサゴをビニール袋に入れてくれた。僕は、自分で食べるために、ホウボウも一匹、買った。金を払った。やはり、驚くほど安かった。

僕は、直売所を出る。ビニール袋をさげて歩きはじめた。ビニール袋から、ポタポタと水がたれている。カサゴは、トゲトゲした魚だ。その先端が、ビニール袋に穴をあけたのだろう。僕は、かまわず砂浜を歩いていく。ボート屋に戻る。時計を見た。そろそろ、彼女が河中医院から戻っている時間だった。

彼女の家の電話番号は、河中からきいてあった。僕は、そのメモをとり出す。電話機のボタンをプッシュした。コール音が、四回ほど鳴り、相手が出た。

「はい、小林です」

水絵の声だった。そこで、僕は、ちょっとつまった。自分のことを、なんと言おうか……。名前は教えていない……。

「あの、貸しボート屋の……」

と言いかけると、

「あ、沢田さんね」

と彼女が言った。

「河中先生から、きいたわ……」

「きいたって……ブイヤベースのこと？」

「ええ……そのことも……」

明るい口調で、彼女は言った。そこまで話が通っているなら、気は楽だ。

「そのブイヤベースだけど、君の家でつくる方がいいと思うんだ。できたての方が香りもいいし」

僕は言った。

「そうしてもらえるのなら……。わたしの方は、いいけど……。あなたが面倒でないのなら……」

「面倒じゃないよ、近いんだし……。じゃ、これから行ってもいいかな」

「ええ、どうぞ」

と彼女。僕らは、電話を切った。僕は、野菜やスパイスの準備をはじめた。彼女の家でつくることには、意味があった。ブイヤベースは、つくっている途中から、いい香りが立ちのぼる。それが、彼女の食欲を刺激するかもしれない。そう思った。僕は、材料をビニール袋に入れる。ボート屋を出た。ゆっくりと歩いて、彼女のところへ行った。

水絵は、別荘の門を開けて待っていてくれた。膝《ひざ》たけのコットンパンツ。青いTシャツの上に、同じブルー系のヨットパーカーをはおっていた。点滴をうけてきたせいか、顔色が少しいいように見えた。僕の姿を見ると、

「わざわざ、すいません」

と言った。僕は、笑顔を見せ、

「いや」

と言った。別荘の庭に入った。遅い午後の庭には、斜めの陽が射していた。紫陽花《あじさい》が、小さな蕾《つぼみ》をつけていた。僕は、ゴムゾウリを脱ぎ、縁側に上がった。居間を通りぬける。廊下があり、その奥に台所があった。

「古めかしい台所で、恥ずかしい……」

彼女が、つぶやくように言った。確かに、ちょっと古めかしい。別荘そのものが古い建物なのだから、それは当然なのだけれど……。

古めかしい台所だけれど、清潔そうで、きれいに片づけられていた。僕は、流しの下や戸棚を開けてみた。調理器具は、充分に揃っていた。魚のウロコ落としもあった。いかに

も、海辺の別荘だ。僕は、持ってきた出刃包丁をとり出す。料理をはじめた。

カサゴを、まな板にのせる。トゲを指に刺さないように注意しながら、ウロコを削《そ》いだ。そして、頭を落とした。落とした頭からは、エラもとりのぞく。これは、より生ぐさささを出さないためだ。ていねいに、エラをとりのぞく。

ちょうどいい大きさの鍋《なべ》があったので、そこに水を入れ火にかける。白ワインを入れる。生ぐさささを抜くために、ショウガのスライスとパセリも、かなり多めに入れる。今日は、セロリとタイムも用意してあるので、鍋に入れる。そして、カサゴの頭を入れる。湯は、完全に煮立たせない。中火で、トロトロと煮る。アクが出てくるので、まめにすくう。ここで、ていねいに時間をかけることが大切だ。

僕は、カサゴの身にも包丁を入れる。ハラワタをとり、ぶつ切りにする。ホウボウも、同じように、ウロコ、ワタをとり、ぶつ切りにする。煮ている鍋のアクをすくいながら、僕は包丁を使う。

やがて、下ごしらえはできた。魚のハラワタは、ビニールのゴミ袋に入れる。臭わないように、きっちりと袋の口を縛る。

僕の手は、まだ魚臭い。

「手を洗いたいんだけど、洗面所は?」

僕は、水絵に訊いた。彼女は、廊下の奥を指さし、

「その左側よ」

と言った。僕は、うなずく。廊下を何歩かいくと、左側に洗面所があった。洗面所であり、風呂場《ふろば》の脱衣所でもあるらしい。その奥は、風呂場になっている。

洗面台の端に、貝殻が置いてある。その中に、白い石鹼《せっけん》が入っていた。僕は、石鹼を泡立て、ていねいに手を洗った。魚の臭いを落とした。洗面台の上には、ほかにも、貝殻が三つほど置かれていた。日本では見かけないような貝もあった。彼女が、よく南洋を旅していたという河中の話を、僕は思い出していた。

洗面台のわきにかけてある青いタオルで、僕は手を拭《ふ》いた。拭き終わった時に、気づいた。ちょっと広さのある板張りの洗面所。そのすみに、ポリバケツがあった。半透明の四角いポリバケツだった。そのバケツ一杯に、ビーチグラスが入っていた。

何十個……いや、何百個というビーチグラスが入っていた。ブルー。グリーン。青みがかったグリーン。白っぽいもの。大きさも、まちまちだ。ただし、丸っこく、形の整ったものばかりだった。僕は、そのビーチグラスを、じっと見た。彼女が、砂浜でひろい集めたものに違いなかった。僕が、かがみ込んでそれを見ていると、

「タオル、あった？」

という彼女の声がきこえた。僕は体を起こした。

「ああ」

と答え、洗面所を出た。

一時間ほどかけて、カサゴの頭を煮た。火を止める。新しいフキンを使って、スープを漉《こ》す。淡い金色をしたスープができた。

あとは、楽なものだ。別の鍋で、オリーヴオイルを温める。刻んだニンニク、玉ネギなどをいためる。缶詰の湯むきトマトを入れる。そこへ、カサゴからとったスープを注ぎ込む。中火で、しばらく煮る。いい匂いが、立ちのぼりはじめる。水絵が、台所に入ってきた。黙って、僕が手を動かすのを見ている。

スープの材料がなじんできたところで、サフランと塩を入れる。味見をしながら、塩加減をととのえる。そして、カサゴとホウボウの身を入れた。中火のまま、一〇分も煮れば、完成だ。

台所の逆側にある食器棚を見た。ガラスばりの食器戸棚がある。中に、食器が並んでいる。皿をさがした。彼女も手伝ってくれる。ちょうどいい深さの皿がなかった。カレーライスなどを盛るような皿を二枚、彼女が出した。

「ちょっと浅いわね……」

と言った。確かに、ブイヤベース用には少し浅い。けれど、

「まあ、いいんじゃないか？」

僕は言った。皿に、ブイヤベースを盛った。彼女の皿には、スープだけ。僕の皿には、魚の身も盛った。彼女が、皿をお盆にのせ居間に運んだ。

畳の居間には、低いテーブルがある。彼女は、そこに皿を置いた。僕は、冷蔵庫に入れておいた白ワインも出した。彼女は、ワイングラスを一つ、持ってきてくれた。いま、彼女自身、酒は飲んでいないという。僕は、グラスに自分が飲むためのワインを注いだ。彼女が、

「いただきます」

と言った。僕らは、ささやかな夕食をはじめた。彼女は、スープを飲むのを、ためらわなかった。ゆっくりとだけれど、しっかりとした動作でスプーンを使う。スープを飲む。ひとくち飲んだところで、

「……やっぱり、美味《おい》しい……」

と言った。微笑した。僕は、うなずく。ワインを飲みながら、カサゴの身を突つく。口に入れる。

居間の障子は、開け放ってあった。縁側の向こうに、庭が見える。木々の向こうにひろがっている空には、まだ、昼間の明るさが残っていた。庭を渡ってくる、ゆるやかな風は、柔らかく、近づいてくる夏を感じさせた。

僕が、二杯目のワインを飲み終わる頃に、彼女はスープを飲み終わった。

「ごちそうさま」

と言った。明るい声だった。僕は、三杯目のワインを注ぎながら、

「その調子なら、摂食……」

と言いかけた。つい、〈摂食障害〉という言葉を口にしかけていた。そこで言葉を呑《の》み込んだ僕に、

「いいのよ……」

と彼女が言った。

「わたしが摂食障害を起こしている、そのことをあなたに説明したって、河中先生からきいたわ。だから、いいの、気にしないで。摂食障害を起こしているのは、事実なんだから……」

平静な口調で、彼女は言った。僕は、なんと言っていいかわからず、ワイングラスを口に運んだ。彼女が微笑しながら、

「自分でも信じられないわ、摂食障害なんて……」

と言った。

「昔からよく食べる子供で……中学生の頃なんか、弟よりたくさん食べてたと思うわ……。失恋しようが何しようが、食欲だけは落ちなかったのに……」

かすかに苦笑しながら、彼女は言った。そんな彼女が、摂食障害を起こしてしまうほど、心に鋭く深い傷をうけたということだろう。けれど、その傷について、いまはまだ、きく段階ではないと思えた。こうしているうちに、いずれ、わかってくるだろう……。僕は、ホウボウの身を口に入れ、ワインを飲んだ。かすかに、砂浜に打ち寄せる波の音がきこえていた。

いくら美味しいと感じるブイヤベースでも、毎日では飽《あ》きてしまうだろう。そこで、とりあえず、一日おきということを彼女と決めた。ボート屋に戻ると、河中に電話で報告した。〈それはよかった〉と河中。〈あとは、根気よく続けるしかないな〉と言った。

翌々日。昼過ぎに港に行く。魚の直売所に入ってみたけれど、カサゴはなかった。今日、網にはかかっていないという。カサゴは、回遊する魚ではない。網にかからない日も多いだろう。

僕は、自分でカサゴを釣ることにした。いわゆる胴付き仕掛けを用意した。エサは、サバだ。直売所で買ってきたサバの身を、細長い短冊形に切る。カサゴは、頭が大きく口の大きな魚だ。こういうエサでも一気に喰《く》い込むはずだ。

釣り具とエサ、クーラーボックスをのせ、ボートを出した。薄曇り。海は凪《な》いで静かだ。僕は、オールを漕《こ》いでいく。そうしながら、少し不思議な気分になっていた。いままでの自分なら、こんなことは、しなかったはずだ。こんな、やっかいなことは引き受けなかったはずだ。自分の中で、何かが起きているのだ。その何かが、まだ、はっきりとはしないのだけれど……。

やがて、ポイントに着いた。あの坂本じいさんのポイント図。その中で、根が描かれている場所だ。ボートが、その根の上にくるように、風と潮の向きを計算して、アンカーを打った。カサゴは、根に棲《す》んでいる魚だ。

サバの切り身をつけた仕掛けをおろす。一番下にある重りが根に着くと、少しだけリールを巻いた。待つ……。やがて、フグやベラが何匹か、かかった。一時間半ぐらい過ぎた時、カサゴが釣れた。まずまずの大きさのが釣れた。僕は、アンカーを上げる。ボートを、岸に向けた。

その日は、スープのスタイルを少し変えた。スパイスとしてサフランを使ったものを、普通はブイヤベースと呼ぶ。けれど、サフランを使わず、同じようにつくることもできる。主にイタリーでは、このスタイルが多いという。サフランを使わず、トマト味だけでつくったものを、イタリー語で〈ズッパ・ディ・ペッシェ〉、訳せば〈魚のスープ〉というらしい。

その日は、ズッパをつくることにした。つくり方は、ブイヤベースと、ほとんど同じ。ただ、サフランを入れないだけだ。

水絵は、これも、美味しいと言って飲んだ。地中海に旅した時に、似たようなものを、よく口にしたという。話は、地中海に飛んだ。彼女は、かつて、イタリーからフランスにかけての地中海沿岸を、二週間ほど旅したという。できるだけ、観光地ではない小さな町をたどっていったらしい。素朴な人々のこと。ミネラル・ウォーターのように澄みきった海のこと。そして、美味しかった食べ物のこと。イタリー語がわからなくての失敗、などなど……。彼女は、静かだけれど、明るい口調で話してくれた。外では、小雨が降りはじめていた。絹糸のような雨が、庭を濡《ぬ》らしていた。そろそろ、梅雨入りが近い。

11　珊瑚礁の彼方へ

紫陽花《あじさい》が、色づきはじめた。時期としては梅雨に入っていた。けれど、比較的、雨は少なかった。

僕は、一日おきに釣りに出た。ここに住むきっかけになった黒鯛《くろだい》のことは、すっかり忘れていた。それより、水絵のためにカサゴを釣ることに集中していた。幸い、坂本じいさんが残してくれたポイント図がある。根のある位置は、わかった。根の周辺で二、三時間の釣りをすれば、一匹、あるいは二匹のカサゴを釣ることはできた。

遅い午後。僕が行くと、彼女は明るい表情で迎えてくれた。僕がビニール袋から、その日に釣ったカサゴやほかの魚を取り出すと、

「ありがとう、お疲れさま」

と言った。僕は、一回ごとに、ブイヤベースとズッパをつくり分けた。どちらも彼女はよく飲み、

「ごちそうさまでした」

と言った。口先だけの言葉でないのは、僕にもわかった。

夕食の時以外にも、僕と彼女は、一緒の時間を過ごすことが多くなっていった。雨が降っていない日は、砂浜を歩いた。そして、いい形のビーチグラスがあると、それをひろい上げた。小雨が降る日の午後は、彼女の居間で過ごした。細い雨が、紫陽花を濡《ぬ》らすのを、眺めていた。居間には、コンポ・ステレオがあった。が、彼女自身のCDは、みな東京に置いてあるという。かわりに、彼女の父親のものだというショパンをかけた。雨に濡れる紫陽花とショパンは、よく似合った。夕方が近くなると、坂本じいさんがくれた綾戸智絵のCDをかけた。僕は、缶ビールを飲みはじめる。彼女の表情は、日に日に、明るくなっていくようだった。

紫陽花の色が、青から紫色に変わる頃、僕は、ひとつのトライをしてみた。それは、カサゴ以外の魚も入れてスープの素《もと》をとることだ。それが成功すれば、摂食障害を治療するための一段階になると考えた。

まず、ホウボウの頭を入れてみた。水絵には言わず、出してみた。なんの問題もなく、彼女はスープを飲んだ。その翌週。真鯛も使ってみた。港の直売所に行くと、小型の真鯛が手に入る。一キロたらずの小型の真鯛がよく網にかかるらしい。安く買える。僕は、その真鯛の頭も入れて、スープの素をとった。これも、彼女は美味《おい》しいと言って飲んだ。ホウボウも真鯛も、くせのない上品なスープがとれる魚ではあるけれど……。

紫陽花の花が終わろうとするある日。僕は、河中医院に行った。自分の入眠剤をもらうためだ。河中は、顔を合わすなり、

「水絵さん、いい方向にむかいはじめてるよ」

と言った。きけば、減少し続けていた彼女の体重が、止まったという。この何ヵ月か、彼女の体重は減っていく一方だった。その減少が止まったという。

「どうなるかと思っていた体重の減少が止まった……。これは、大きい。たぶん間違いなく、あんたがつくってあげているスープのおかげだな」

と河中は言った。

「……しかし……あの程度の栄養が、体重に影響するんですか……」

僕は訊《き》いた。二日に一回、しかも浅い皿に一杯のスープだ。けれど、

「その一杯のスープが、彼女の心に効いているんだと思う。薬のようにね……」

と河中は言った。僕をまっすぐに見た。

「本当の拒食症というのは、胃などが、食べ物を拒否しているという段階をこえて、もっと深刻な事態になることなんだ。……つまり、過度のストレスや精神的なショックが、胃や腸の細胞を機能させなくしてしまう、ひいては、全身の細胞を機能させなくしてしまうことなんだ」

「……全身の細胞を……」

「ああ……そういうこと。なぜ、人が拒食症で死んでしまうか……。本人が食べ物を拒否しても、流動食や点滴で命をつなげると思うかもしれない。しかし、重い拒食症におちいってしまうと、たとえ流動食を入れても、腸の細胞がそれを全く吸収しなくなってしまう……。点滴を打っても、全身の細胞が、それを吸収しなくなってしまう……。そうなると、死に到るケースが出てくる……。拒食症というのを、わかりやすく言うと、そういうことなんだ」

　と河中。僕は、ゆっくりと、うなずいた。いままで考えていた拒食症のイメージが、かなり違っていたのを感じた。

「話を、水絵さんのケースに戻そう。彼女の場合、確かに、胃が固形物を拒否していた。それと同時に、腸がものを吸収する機能にも障害が起きていたと思われる。……ところが、あんたがつくったブイヤベースを飲めるようになったことが、心、つまり精神的な部分にも、いい影響をあたえたんだろう。もともと、精神的なショックが原因での摂食障害だ。精神的に癒《いや》されることが、胃や腸の機能を回復させはじめていると思われる。そして、体重の減少が止まったと考えるのが正解だろうね」

河中は言った。僕は、うなずいた。

しばらくして、僕は河中に話しはじめた。カサゴだけを素材につくっていたブイヤベースやズッパ。その材料に、ホウボウや真鯛も使いはじめた。それでも、水絵がスープを飲んでいることを話した。きき終わった河中は、うなずいた。

「それは、いい徴候だな……」

と、つぶやいた。近くにあった紙に、何かメモしている。

「……この状況がしばらく続いたら、スープに、魚の身を入れてみるというのは、どうでしょうか……」

僕は言った。メモしている河中の手が、止まった。しばらく、宙を見ている。

「……いずれ、その段階がきてほしいと思うが、それは、とても慎重にしなければならないな……」

と、つぶやいた。

「水絵さんを、飛行機にたとえれば、高度が下がりっぱなしで、いずれ墜落しかねない状態だった……。それが、少しずつもちなおし、やっと、水平飛行まで戻ったところだ。この状態をしばらく維持して、様子を見る……。その後、上昇させるための手を打つのは、かなり慎重にしなけりゃならない。へたをすると、もとのもくあみになりかねない」

河中は言った。僕は、うなずいた。


だらだらとした長い梅雨が、やっと終わる気配を見せた。七月下旬。気象庁が、梅雨明け宣言を出した。そんな日の午後。僕はボート屋で、カサゴ釣りの仕掛けをつくっていた。二本鉤《ばり》を、三本鉤につくり替えていた。今日は、水絵のところに行く日ではない。

午後四時過ぎ、店の出入口が開いた。若い男が、出入口に立っていた。二十代の終わり頃だろうか。痩《や》せ型で背が高い。ポロシャツの上に、コットンのジャケットをはおっている。釣り客という雰囲気ではない。

「あの……」

と彼。

「失礼ですが、沢田敬一さんですよね」

と言った。礼儀正しい口調だった。僕は、うなずいた。

「あの、私は、小林水絵の弟で、ヤスオといいます」

彼は言った。僕は、水絵からきいた話を思い出した。弟は〈康雄〉という字を書くということを思い出していた。僕は、立ち上がった。

「このところ、姉が、とてもお世話になっているようで……」

と康雄。僕が何か言おうとする前に、

「さっき、河中先生から、いろいろ話をうかがってきました」

と言った。

その五分後。僕と康雄は、砂浜を歩いていた。砂浜にある海の家に向かって歩いていた。この小さな海岸に、一軒だけある海の家だ。つい一〇日ほど前にオープンした。海の家といっても、昔ながらのヨシズばりではない。ウッド・テラスがあり、イスとテーブルが並べてある。今風の海の家だ。

僕と康雄は、海の家のテラスに入っていった。客は少ない。若いカップル客が一組いるだけ。砂浜にも、家族連れの客が二組ほどいるだけだ。白いプラスチック製のイスに、僕らは腰かけた。ショートパンツ姿の若い男が、メニューを持ってきた。僕は、腕時計を見た。もう四時半近い。生ビールと、無難にポテトチップスを頼んだ。康雄も、生ビールを注文した。

「今日は関西から？」

僕は、康雄に訊いた。彼は、うなずく。

「朝の新幹線で、京都から来ました。まず、河中先生のところへ行って話をうかがって、そのあと姉のところへ行って、二時間ほど話してきました」

と康雄。

「河中先生から電話ではうかがってたんですが、いざ来てみると、姉が元気な様子なんで、かなり驚きました。それも、みな、沢田さんのおかげだということで、なんとお礼を言っていいか……」

と言った。そこへ、生ビールと、皿に盛られたポテトチップスが運ばれてきた。僕らはビールのジョッキを持つ。お互い、ちょっとジョッキを挙《あ》げる。ビールに口をつけた。

「子供の頃から、姉は、本当に元気で海好きでした」

と、康雄。二杯目のビールに口をつけた。雑談をはじめて二〇分ほど過ぎた時だった。

「夏になったとたん、ここの別荘にやってきて、毎日、海で遊んでいました。泳いだり、潜って魚を突いたり、たまには釣りをしたり……。河中先生からもおききになったと思いますが、弟の私などより、よほど活発でした」

と話しはじめた。僕は、ポテトチップスをかじり、ゆっくりとビールを飲んでいた。

「姉の海好きは、少女時代だけではなく、大学生になっても変わりませんでしたね。よく、美大の仲間を別荘によんでは、合宿のようにして、みんなで泳いだり潜ったりしてました。それは、社会人になっても続くんですけど……」

「社会人？　確か、化粧品会社だったよね」

「ええ、化粧品のパッケージ・デザインの仕事をはじめました。そうして、収入が得られるようになると、姉は海外の海に出かけるようになりました。ハワイ、グアム、サイパンをはじめ、南太平洋やインド洋など、あちこちに」

と康雄。僕は、うなずいた。二杯目のビールを飲み終えようとしていた。

「姉は、海外の海に出かけるようになったと同時に、スキューバ・ダイビングをはじめたんです」

「……スキューバ……。タンクを背負って潜る……」

「そうです。それまでの育ち方からして、姉がスキューバをはじめるのはごく自然だと思えました。が、それには、友人の影響もあったんです」

「……友人？」

康雄は、うなずいた。

「姉と同期で、同じ化粧品会社のパッケージ・デザイン室に入った中村エミさんという女性がいます。エミは、カタカナです。そのエミさんと姉は、入社直後から、とても親しくなったようです。私も何回かお会いしたことがありますが、姉によく似て、とても活動的な女性でした」

「なるほど……。二人は、意気投合した……」

「ええ……あっという間に、親友になったと姉からきいています。そのエミさんが少し前からスキューバ・ダイビングをやっていて、ごく自然に、姉もスキューバをはじめるようになったようです」

と康雄。僕らは、二杯目の生ビールを飲み終わろうとしていた。どちらともなく、三杯目を注文した。砂浜で遊んでいた家族連れが、帰りじたくをはじめていた。三杯目の生ビールは、すぐに出てきた。

「それからあとの姉とエミさんは、まるで仲のいい双子のようでしたね。年に何回か、休暇をとっては、海外のリゾートに行き、スキューバ・ダイビングを楽しんでいました。そうでない時でも、仕事のあと、しょっちゅう一緒にお酒を飲んでました」

「……お酒を？　水絵さんが？……」

「ええ。姉は、大学生だった頃から、酒は強かったですね。へたな男性より強かったと思います。いまは……向精神剤を服用しているせいもあってか、自重《じちょう》しているようですが」

「へえ……」

僕は、思わず、つぶやいていた。三杯目の生ビールを、ひとくち。康雄も、ビールに口をつける。

「エミさんと姉の、そんなつき合いは、入社後の二三歳頃から、一〇年近くにわたって続きましたね……」

と康雄。そこで、ビールを、ぐいと飲んだ。何か、大切な話をするために、ビールが必要なのかもしれない。三〇秒ほど無言でいた。やがて、口を開いた。

「……あれは、去年の一一月でした。姉とエミさんは、インド洋のモルディブに行ったんです。もちろん、ダイビングを楽しむためです。二人とも二回目のモルディブだったんで、とてもリラックスした様子で出かけていったようです」

「………」

「ここから先は、姉からきいた話なんですが……。モルディブに着いて三日目の午後、二人は、現地ガイドの船で、ダイビングのポイントに向かったそうです。潮の流れは速いけれど、魚の多い、いいポイントだったといいます。そのポイントに着き、二人は、ガイドと一緒に海に入ったそうです」

「……………」

「スキューバ・ダイビングというのは、〈バディ〉と呼ばれる仲間と、二人一組で潜るらしいです。もちろん、何かトラブルがあった場合のことを考えてでしょう」

と康雄。僕は、うなずいた。そのことは、きいた覚えがある。

「……姉の記憶だと、潜りはじめて約一五分後、水深は二〇メートルぐらいだったといいます。鮮やかな熱帯魚の群れに見とれていた姉がふと気づくと、一緒にいるはずのエミさんがそばにいない。あわてて見回すと、エミさんが、何かパニックを起こしたような様子で、潮に流されていくのが見えたといいます。姉も急いで彼女の方に泳ごうとするものの、潮に流されていくエミさんの方が速くて、やがて、その姿を見失ってしまったそうです」

「……現地ガイドは？」

「もう一組、経験の浅いダイバー達がいて、ガイドは、主にそっちの方についていたようです。スキューバのベテランである姉達の方には、あまり注意を払っていなかったらしく、エミさんが流されたのに気づくのも遅れたといいます」

「……で……そのエミさんは？」

と僕。康雄は、一度、深呼吸をする。

「……結果的に言うと、発見されませんでした」

と言った。僕は、眼を閉じた。

「もちろん、現地の人達も懸命に捜索してくれたでしょう。父が外務省の人間なので、首都のマーレにいた外務省の職員も、現地に急行したようです。……けれど、エミさんは発見されませんでした。原因は、空気を送るレギュレーターになんらかのトラブルが発生したと想像されたようです。ただ、本人の遺体が発見されなかったので、想像にしか過ぎないといいます」

「……そのエミさんは、海底深く？……」

眼を閉じたまま、僕は訊いた。

「……ええ……。姉達が潜っていたポイントは、珊瑚礁《さんごしょう》の外側で、いわゆるドロップ・オフと呼ばれているところだったようです。海底が、急激に深くなっていく場所なので、そういう遭難事故が起きた場合、遺体を発見するのは、とても難しいといいます」

僕は、眼を閉じたまま、うなずいた。

「うちの両親も、ロンドンから現地に駆けつけ、エミさんのご両親も、日本から現地入りしました。が……一〇日が過ぎても遺体は発見されず、捜索は打ち切られました」

と康雄。僕は、ゆっくりと眼を開いた。夕方の陽射しが、眩《まぶ》しかった。海は、レモン・イエローに染まりはじめている。砂浜にいた家族連れの姿は、もうない。さざ波が、不規則なリズムで砂浜を洗っている。

「遺体のないまま、エミさんの葬儀は、ひっそりと行なわれました。姉は、それには出ませんでした。……というより、出られなかったんでしょう……」

と康雄。僕は、かすかにうなずいた。

「その頃の彼女の様子は？」

「……それは、もちろん、抜け殻同然という状態で……ひどいものでした。モルディブから帰ってくる飛行機の中で、誰とも、ひとことも言葉をかわさなかったといいます」

康雄は言った。僕は、深く呼吸をした。それは当然だろうと思った。双子のようだった親友を失ったショック。潜りのバディとして、親友を救えなかったことへの自責……。さまざまなものが、彼女に襲いかかっただろう。

僕は、皿のポテトチップスに手をのばした。ポテトチップスは、海風を吸って、少し柔らかくなっていた。ビールで、流し込んだ。太陽は、もう、向かい側の伊豆《いず》半島に沈みかけていた。

「しかし……その事故によって姉の心がうけたダメージは、もう一つありました」

康雄が言った。

「……もう一つ？……」

「ええ……。ことによると、そっちの方が、より深刻だったかもしれません」

12　ガラスの心

「亡くなったエミさんは、婚約していたんです」

康雄が言った。

「同じ会社に勤めていた男性で、倉田《くらた》さんといいます。部署も、エミさんや姉と同じパッケージ・デザイン室でした。姉達より、二歳年上です。モルディブから帰ったら三ヵ月後に、エミさんと倉田さんは結婚することになっていました」

と言った。店に新しい客が入ってきた。二十代のカップルだった。黄昏《たそがれ》の海を眺めながら一杯やるために来たらしい。店員が気をきかせてか、音楽を流しはじめた。エリック・クラプトンのバラードが、低いボリュームで流れはじめた。

「倉田さんは、エミさんと婚約しましたが、姉とも親しかったようです」

「水絵さんとも？」

「ええ。姉と、というより、同じセクションで仕事をしている同僚として、倉田さん、エミさん、そして姉の三人は、とても親しかったようです。仕事のあと、よく、三人で飲みに行ってたりもしたようです」

と康雄。三杯目の生ビールを飲み干した。僕は、とっくに、三杯目を飲み終わっていた。ちょっと酔いを感じていた。康雄の顔も少し赤い。けれど、これから、突っ込んだ話になるのだろう。僕は、店員を呼び、四杯目を注文した。

「つまり、姉とエミさんが一緒に飲みに行くことが多かった……。そこへ、倉田さんも合流して、三人で飲むことも、よくあった。そういうことでしょう。その三人の仲の良さは、社内でも評判だったようです」

店員が、生ビールを運んできた。僕は、それを、ゆっくりと飲んだ。さっき入ってきたカップル客も、ビールを飲みはじめていた。

「……で、結局、その倉田さんは、エミさんと婚約した……」

と僕。康雄は、うなずいた。

「そうです。でも……倉田さんとエミさんが婚約してからも、よく三人では飲んでいたようです。時には、倉田さんと姉が、二人で飲んでいた時間もあったようです。それが問題なんですけれど……」

と康雄。ビールのジョッキに口をつけた。

「水絵さんと、その倉田さんが、二人で？……」

僕は訊《き》いた。康雄は、うなずいた。

「それは、こういうことらしいです。仕事のあとに、会社の近くの店に飲みに行く……。でも、デザインをする仕事なんで、仕事を切り上げられる時間が、まちまちになってしまう……。たまたま、エミさんの仕事が片づくのが遅れた場合、先に店に行っていた姉と倉田さんが二人で飲んで、エミさんを待っていた。そういうことらしいです。ただ……それを目撃していた同じ会社の連中からは、どう見えたか……」

と康雄。そこで、一度、言葉を切った。

「……親しげに、楽しそうに飲んでいる倉田さんと姉の姿を見かけた同僚は、二人の関係がどうなのか……一種の疑問を持つこともあり得ると考えられます。もちろん、ただの推定に過ぎないのですが……」

と康雄。そこまで言って、ちょっと苦笑した。

「すみません、つい推定などという言葉を使ってしまって……。新米の弁護士なもので……」

と言った。そこで、僕は思い出した。水絵から、いつかきいた話だ。弟は、京都にある法律事務所に勤めていると、きいたことがあった。そう言われれば、納得できる。康雄が持っている雰囲気……。普通のサラリーマンとは少し違う。ものごとを、しっかりと順序だてて話す、一種、明快な話し方も、弁護士ときけば、うなずける。

「……とにかく、姉と倉田さんが二人で飲んでいた姿は、会社の同僚によく目撃されていた……。特に、今回モルディブに行く前、エミさんの仕事が忙しく、店に行くのが遅れることが多かったようです。その結果、姉と倉田さんが、二人だけで飲んでいる時間が多くなる。それを、はたから見ると、あの二人は、あやしいのではないかと勘《かん》ぐることもあるでしょう……。実際に、そういう噂も、社内ではたっていたようです」

康雄は言った。僕は、うなずきながら、海を眺めていた。太陽は、伊豆半島に沈んでいた。その残照が、雲の下側を染めていた。僕は、しばらく、その光景を眺めていた。そして、

「……それで……本当のところは？　水絵さんと、その倉田さんの関係は……」

と訊いた。

「私も、そこは気になったので、事故のあと、倉田さんにお会いして、訊いてみました。弟として、訊く権利があると思いましたし……。倉田さんは、誠意のある人柄に感じられました。そして、率直に話してくれました」

「………」

「姉と倉田さんの間に、いわゆる男と女の感情は流れていなかった。親しい同僚であり、なんでも気さくに話せる仲間だったということです。エミさんとの結婚パーティーについての相談なども、よく、姉と話していたといいます。その倉田さんの言葉に、嘘はなかったと私は感じています。ただ……」

「……ただ？……」

「会社の連中がみな、そう思っていたかどうかというと、疑問です。特に、姉は、キャリアのわりに、いい仕事をまかされていたようです。ということは、同僚の一部から、妬《ねた》まれていたとしても、不思議はありませんね」

と康雄。ビールを、ぐいと飲んだ。

「……そんなところへ、モルディブでの事故が起きてしまいました……。エミさんが亡くなった……そのことに関して、姉を責める声が、きこえてきたそうです」

「……責める？……」

「ええ……」

と康雄。一度、言葉を切った。

「ほとんどの人は、姉に対して同情的でした。……けれど、おそらく日頃から姉を妬んでいた一部の人からは、違う反応が出てきたといいます」

「……責めるような？……」

と僕。康雄は、うなずいた。

「つまり、モルディブの海中で、エミさんがトラブルに見舞われたその時、姉がとった対応がどうだったのか……本当に命がけでエミさんを救おうとしたのかどうか……といった疑問です」

「……ひどいな……」

僕は、つぶやいた。

「確かに、ひどいものです。すべて、臆測《おくそく》によるものですから……。けれど、さらにひどいことを言う人もいたんです」

「………」

「エミさんの葬儀が終わって半月ほど過ぎた頃です。姉はもう、会社を辞《や》めることを決めていました。そして、上司へのあいさつや私物を整理するために、会社へ行ったそうです。そして、自分のパソコンの中も処理しようとした……。ところが、そこにきていたメールの一通が、ショッキングな内容でした。その内容を簡単に言うと、こうです。〈あなたは、倉田さんに恋愛感情を持っていた。だから、海中でパニックを起こしたエミさんを、見殺しにしたのではないか……〉と中傷する内容のものだったといいます。同僚で年上の女性からきたメールだったようです」

「…………」

「その人は、日頃から、仕事上で姉のことを妬んでいたのでしょう。さらに、倉田さんと姉が二人でいるところを、会社の人に、よく目撃されていたことも、その前提にあったと考えられます」

「…………」

「ひどい中傷なのですが、それは、姉の心を突き刺しました」

康雄は言った。

僕と康雄は、二、三分、無言で海を眺めていた。黒い犬を連れた初老の男が、波打ちぎわを歩いている。

「そんな、あきらかな中傷とわかっていても、彼女にはショックだったのか……」

僕は、つぶやくように言った。康雄は、ビールのジョッキを置いた。手を組み、海を見ていた。

「その頃の姉は、精神的にひどく衰弱している状態でした。それも、大きなショックをうけてしまった原因の一つでしょう……。あと一つ……これが最も重要なことなのですが、姉の心が、揺れはじめたんです」

「……揺れた……」

「ええ……。確かに、エミさんのことは事故でした。姉は、その瞬間、全力でエミさんを救おうとしたことは間違いないでしょう。……ところが、他人からそういう中傷をうけたことがきっかけで、心が揺れはじめたんです」

「……というと？……」

「つまり、自分は、本当に、倉田さんのことを、男性として意識していなかったのかどうか……そのことで、心が揺らぎはじめたんです。以前の元気な姉なら、もっと自信を持って、そのことに対処できたと思います。けれど、心神喪失に近い状態だったこともあり、心が揺らぎはじめたのでしょう」

「……で……そのために、全力で親友を救うことができなかったと？」

「……そうは思わなかったにせよ、自分に対して疑問を持ちはじめたことは確かなようです。当時、東京で姉のカウンセリングをやっていた大学病院の先生からも、そのことをききました。もしかしたら、自分は、倉田さんを男性として意識していたのではないか……。もしかしたら、そのことで、エミさんを嫉妬《しっと》していたのではないか……。その結果、全力で彼女を救わなかったのではないか……。そんな思いに、心が揺らぎはじめたといいます」

「…………」

「姉は、親友を失っただけではなく、自分の心の闇と向かい合うことになってしまったのだと思います」

「……心の闇……」

「ええ……自分の中にある深い心の闇です……。姉は、それと、まともに向かい合ってしまったのでしょう……」

と康雄。

「それにしても、彼女は、その倉田さんを男性として意識していたと？……」

僕は訊いた。康雄は、首を横に振った。

「姉本人、そして倉田さんからきいた話だと、それは可能性が少ないと思います。……ただし、男と女の感情は、とても複雑ですよね。白か黒か、明言できないことも多い」

「……まあ……」

「姉は、倉田さんに恋愛感情を持ってはいなかった。けれど……倉田さんも、男です。私がお会いした印象では、なかなか魅力のある男性だと思います。そんな倉田さんを、ただの同僚ではなく、一人の男性としてとらえていなかったか……そういう疑問をつきつけられると、姉も、絶対にノーと言える自信がなくなってきたのだと思います。……そして、エミさんを救おうとした瞬間に、自分が命がけで全力をつくしたかどうか……そのことについても一〇〇パーセントの自信が持てなくなってしまった……。自分の心に、闇の部分、ブラック・ボックスのようなものを、かかえ込んでしまったのだと考えられます」

「………」

「そして、姉は、東京を離れて、ここで暮らすようになりました。主治医も、河中先生に代わった……。ここは、姉にとって子供の頃から慣れ親しんだ所です。河中先生にも、十代の頃からかかっていて、なんでも話せる相手です。……姉は、ここで暮らしながら、自分の心の闇と闘いはじめたのだと思います」

康雄は言った。

「ただ……姉が心にうけた傷はとても深く、摂食障害という事態にいたってしまった……。私も、ロンドンにいる両親も、心から心配していました。そこへ、いい徴候があらわれたという……。あなたのおかげで……」

と康雄。暮れていく海を眺めて言った。僕も、しばらく無言で、海を眺めていた。雲を照らしていた残照は、もう消えている。空は、全体が淡い茜色《あかね》に染まっていた。その色が、海面にも映っている。

「……この話を僕にすることは、水絵さん本人は？」

「了解しています」

うなずきながら、康雄は言った。

「これだけ沢田さんにお世話になっているのだから、事情を話しておくべきじゃないかと、私が姉に言ったんです。しばらく話したら、姉も納得してくれました。けれど、自分の口から話すのは辛《つら》いからということで、私がこうして……」

と康雄。僕は、うなずきながら、同時に、軽く、ため息をついた。康雄が、口を開いた。

「私も、弁護士という仕事をしていてよく考えることがあるんですが……人の心というのは、本当に複雑だし、時には、ガラス細工のように、ひどく脆《もろ》いものです。毀《こわ》れものとも言えるでしょう」

「…………」

「姉の場合は、特にそうかもしれません。河中先生もおっしゃってましたが、姉の心の中には、まだ十代の少女の部分が残っていると……」

「十代の……」

僕は、胸の裡《うち》でうなずいていた。

「……ええ……。仕事のキャリアはそこそこ重ねていますが、それは、デザイナーとしてのことです。でも、一人の女性としては、たとえば……ちょっと不器用であり、同時にデリケートな十代の少女のようなところが残っていますね」

「……不器用、か……」

と僕。康雄は、うなずいた。

「……今回のことにしても、人によっては、〈事故だったんだ。仕方ない〉と割り切っていけたかもしれません。……しかし、姉の場合は、それができなかった。そこのところの不器用さが、姉らしいとも言えるわけなんですが……」

と康雄。

「いずれにせよ、姉はいま、いい方向にむかっているし、本人も、頑張ろうと思っているようです。それも、沢田さんのおかげです、本当に……。これからも、よろしくお願いします」

と言った。僕は、少しあいまいにうなずいた。空の色が、茜色から薄いブルーに変わっていた。近くの海面で、ボラらしい魚がはねた。店のオーディオが、クラプトンの〈ワンダフル・トゥナイト〉を流しはじめていた。


その夜。一〇時過ぎ。

晩飯と片づけを終えた僕は、仰向《あおむ》けに寝転がっていた。FMからは、ニュースが流れている。中東に展開しているアメリカ軍の動向を伝えていた。このところ、毎日のように戦闘が起きているらしい。死傷者も出ている。

それは、まぎれもなく戦いに違いない。しかし……と僕は思った。この小さな海岸町では、一人の女性が、心の中の闇と必死で闘っている。これもまた、命をかけた闘いであることに違いはない。僕は、そう思った。彼女の表情を思い浮かべていた。ほんの少し翳《かげ》りをふくんだ彼女の笑顔を、思い浮かべていた。河中がくれた入眠剤を飲んでも、なかなか寝つけなかった。

翌日は、潮がよく動いた。魚の喰《く》いが立っていた。そこそこ大きいカサゴが二匹。ホウボウが一匹釣れた。

午後四時過ぎ。僕は魚を持って彼女の家へ行った。彼女は、いつも通り、明るい笑顔で迎えてくれた。僕は、魚を持って家に上がった。台所に魚を置いた。今日は、夏らしい暑い日だった。とりあえず、顔を洗いたかった。洗面所に行った。顔を洗おうとして、気づいた。風呂場《ふろば》に、プラスチックのたらいがある。その中に、洗濯物らしいのが漬けてあった。水が泡立っている。洗濯しているところだったのかもしれない。僕が見た限り、この別荘には洗濯機がない。

そして、洗面所のすみ。ポリバケツに入ったビーチグラスがあった。ビーチグラスは、小さめのポリバケツには、そろそろ入りきらなくなっていた。バケツの上に、山盛りになりはじめていた。僕は、そのビーチグラスをしばらく眺める。洗面台で顔を洗いはじめた。

台所に戻る。水絵が、流しに置いた魚を眺めていた。

「大きなカサゴ……」

と言った。僕はうなずき、出刃包丁を使いはじめた。カサゴのウロコを削《そ》ぎはじめた。

「昨日……康雄が、あなたのところへ行ったでしょう?」

「ああ……」

僕は、ウロコを削ぎ続ける。

「……話を、した?……」

僕は、うなずいた。

「……全部きいたよ。いろいろあったんだな……」

と言った。今度は、彼女がうなずいた。

「まあ……いろいろあったわ……」

僕は、カサゴのウロコを削ぎ終えた。出刃包丁を握りなおす。少し力を入れ、カサゴの頭を落とした。エラを、切り落としていく。とりのぞいたエラは、ビニールのゴミ袋に入れた。

「例のビーチグラスだけど……」

カサゴの腹に包丁を入れながら、僕は口を開いた。

「もしかしたら、その事故の件と、関係あるのかな？」

と訊いた。カサゴの内臓をとり出し、ゴミ袋に入れた。腹の中を、流水で洗う。きれいに洗ったカサゴを、ぶつ切りにしはじめた。やがて、

「……関係……ある……」

彼女が、つぶやいた。

「でも……言ったら……笑うわ……」

「……笑ったりしないよ……」

僕は言った。切ったカサゴを、ザルに入れた。

「……笑わなくても……変なやつだと思われる……。あなたに、そう思われるのは嫌《いや》だわ……」

と彼女。僕は、二匹目のカサゴをとる。ウロコを削ぎはじめた。

「思わないよ。……確かに、君は心が疲れてるのかもしれないけど、精神病ってわけじゃ

ない。それは、わかってるよ」

僕は、ウロコを削ぎ続けた。やがて、削ぎ終わる。セミの鳴き声が、きこえていた。僕は、カサゴの頭を落とした。やがて、彼女が口を開いた。思い切って話してしまうという感じの口調だった。

「じゃ、話すわ。……ああして、ビーチグラスをひろっていると……心が落ち着くの。あのビーチグラス……エミが、海の中から届けてくれているような気がして……」

つぶやくように、彼女は言った。魚のエラをとっていた僕の手が、思わず、止まった。

〈そうだったのか〉と思っていた。僕のとなりでそれを見ていた彼女が、

「……やっぱり驚いてる……。こんな話したら、ちょっと変だと思われても、仕方ないわよね……」

と、自分に言いきかせるように言った。その片手が、僕のTシャツのスソを持っていた。

「変だなんて、思わないよ」

僕は言った。

「本当に？」

「ああ……」

「本当の本当に？」

「ああ……」

「絶対に？」

と彼女。僕のTシャツのスソを引っぱった。僕は苦笑い。

「本当さ。だから、それ以上引っぱらないでくれよ。シャツが、のびちゃうぜ」

13 いつも、一人だった

「ビーチグラスって、南洋の海みたいな色してない？」

と彼女。スプーンを持って言った。五時半頃だった。僕らは、居間で、ブイヤベースを食べつつ飲みつつをはじめたところだった。淡い黄昏《たそがれ》の陽射しが、居間にさし込んでいた。セミの鳴き声がしていた。セミは、昼間のアブラゼミではなく、ツクツクボウシだった。

「南洋の海の色か……」

僕も、スプーンを持って、

「確かに、そう言われれば……」

と、つぶやいた。ビーチグラスのほとんどが、薄いグリーンか薄いブルーだ。それは、確かに、遠い南洋の海の色を想わせるかもしれない。僕は、南の島といえば、ハワイと、ニューカレドニアしか行ったことがない。その少ない経験でも、彼女の言いたいことがわかる気がした。

「……だから……砂浜に落ちてるビーチグラスを見た時に、思ったの……。これは、インド洋に眠っているエミが送り届けてくれたものじゃないかって……」

水絵は言った。ブイヤベースのスープを、ひとくち飲んだ。そして、僕を見た。

「おかしいやつだと思ってるんでしょう」

と言った。僕は、苦笑。

「だから、思ってないよ、本当に……」

と言った。ブイヤベースに入っているホウボウの身を、ひとくち。白ワインを口に運んだ。彼女も、ゆっくりと、スープを飲んでいる。ふと、スプーンを止めた。

「……でも……わたし自身にも、わかっていたわ……。ビーチグラスはビーチグラス……。ただ、割れたガラスが丸くなっただけ……。そのことは、わかってたわ……。でも、それを、エミが届けてくれたものだと、空想したかったのね……。そう思い込みながら、砂浜でビーチグラスをひろってることで、心がやすらいでいたんだと思うわ」

と言った。僕は、うなずく。

「たとえ、空想だとしても、それで、少しでも心がやすらぐなら、いいんじゃないのかな？」

と言った。

「ありがとう……。それはそれとして、……そうやって空想していることが、現実から逃げてるってことも、同時にわかってる……。でも、現実から逃げるしかできなかったのね、わたしは特別に強い人間じゃないから……」

彼女は言った。僕はまた、ワイングラスに口をつけた。彼女は、スプーンを持ったまま、

「でも……いつまでも、空想の世界に逃げ込んでいちゃダメなんだと思う……」

つぶやくように言った。そして、

「ちゃんと、現実に目を向けなきゃいけないんだと思うわ……」

と、重ねるように言った。僕は思った。こうしているいまも、彼女は、彼女なりの、困難な闘いを続けているのだと……。

「そう急ぐ必要はないさ。夏は、はじまったばかりだし……」

なぜか、僕は、そんな言葉を口にしていた。そろそろ、日が暮れる。居間に入ってくる微風が涼しくなりはじめていた。赤紫色をした薊《あざみ》の花が、風に揺れていた。ブイヤベースの香りが漂っていた。庭の木立ちで、ツクツクボウシが鳴いていた。

翌日。チンピラの松井が、ひさびさにやってきた。けれど、これまでと、少し様子が違っている。最初から喧嘩《けんか》ごしではない。店に入ってくると、僕を見て、

「……よお」

と言った。古くなったエサのジャリメを捨てていた僕は、やつを見た。松井は、

「ボート、貸せよ」

と言った。そして、

「魚、釣らせろよ」

と言った。

「魚を？……」

「ああ……一匹でもいいから本当に釣らせろよ」

と松井。

「……それはいいが、あんた、仕事は大丈夫なのか？」

と僕は訊《き》いた。地上げのための嫌がらせ。それが、やつの仕事ではなかったのか。

「いいから、釣らせろよ」

松井は言った。どうやら、本気らしい。

その三〇分後。僕と松井はボートの上にいた。水深七メートルぐらいのポイント。下は砂地だ。僕は、ごく普通のキス釣り仕掛けを用意していた。釣り鉤《ばり》。そこへ、エサのジャ

リメを刺し通すことを、松井に教えた。松井は、はじめ、もたついていた。けれど、しばらくするとコツをつかんだ。ボロ布に押しつけたジャリメを鉤に刺すことができるようになった。船べりから、仕掛けを海中に落とす。水深七メートルだから、仕掛けはすぐに海底に着く。そこで、リールを巻く。釣り糸が、ピンと張った状態にする。ただし、重りは砂地に着いている。この状態で待てばいい。簡単なものだ。

五、六分した時、竿先《さおさき》がピクッと震えた。それを見た松井が、竿を思いきり、しゃくり上げた。けれど、かからなかった。リールを巻く。仕掛けが上がってくる。先っぽが喰《く》われたジャリメが、鉤についていた。

「合わせが、早過ぎたんだ」

僕は言った。鉤からたれているエサの先の部分を、まず魚が突つくことは多い。それが、いまのような当たりだ。そこで合わせても、魚はかからない。エサの先っぽをかじった魚は、それがエサだと確認する。そして、今度はエサを丸呑《まるの》みするのだ。

松井に、エサをとりかえさせる。そして、また海中に落とした。糸を張って、待つ。三、四分できた。竿先が、ピクリと動いた。今度は、松井も合わせない。真剣な表情で、竿先を見つめている。一〇秒後。竿先がツッッと連続的に動いた。

「いま！」

僕が言うのと、松井が合わせるのが同時だった。竿は曲がっている。かかったらしい。松井が、ぎこちない動作でスピニング・リールを巻く。必死な表情で巻いている。やがて、白ギスが海面に上がってきた。まずまずのサイズだった。それを見た松井が、

「釣れた……」

と、つぶやいた。口を半開きにしている。

「ああ……釣れた」

僕も言った。

結局、その日は七匹のキスが釣れた。サイズは、みな、そこそこ大きい。僕と松井は、ボートを浜に上げた。ボートから、釣り具やクーラーボックスをおろした。松井が、何か言いたそうな顔をしている。僕は、やつの顔を見た。

「……あのよお……」

と松井。

「あんた……このキス、さばけるか？」

と言った。僕は、うなずいた。

「……さばいてほしいのか……」

と僕。松井は、しばらく黙っている。やがて、

「天プラが、したいんだよ」

と言った。

「……天プラ？」

僕は、訊き返した。松井は、また、しばらく黙っている。やがて、釣りに使うテンビンをいじりながら、口を開いた。

「……一緒に住んでる女がいてさ……そいつが、ちゃんとした天プラを食いたいって言うんだ」

「……女……」

「ああ……。それが、どういうわけか、ガンの手術をすることになっちまってよ……。……乳ガンで、来週入院することになっちまった」

と松井。テンビンを、道具箱に放り込んだ。

「もともとヤンキーだから、いつもコンビニのものしか食ってなくてさ……。けど、入院する前に、一度、ちゃんとした天プラを食ってみたいって言いやがって……」

松井のやつは言った。僕は、うなずいた。キスの入ったクーラーボックスを持って、台所に入った。氷水の中から、キスをとり出す。小出刃を使って、キスをさばきはじめた。

天プラにできるように、背開きにしはじめた。そばで、松井が見ている。

一五分ほどで、キスは、さばき終わった。僕は、それをラップでくるんだ。

「で……天プラのやり方、知ってるのか？」

と松井に訊いた。やつは、首を横に振った。仕方ない。僕は、その辺にあった広告チラシをとる。その裏に、ボールペンでメモしはじめた。天プラに使う油。その熱し方。だいたいの温度。そして、天プラ粉。これは、最近、便利なものが出ているので、素人でも失敗しない。そんなことを、僕はくわしくメモした。松井に渡した。松井は、ラップにくるんだキスと、メモを持った。駐《と》めてある自分の車の方に歩いていこうとした。ふと立ち止まり、ふり向いた。僕も、やつを見た。松井は、何か言いたそうな顔をしている。けれど、

「じゃな」

とだけ言った。車に乗り込んでいった。

その三日後。いつものように、僕は、カサゴを一匹釣った。釣ったカサゴを、ボート屋でさばこうとしていた。今日、水絵の家は、水道工事で断水だという。ボート屋で、晩飯を食べることにした。ボート屋の台所。僕は、カサゴを、さばきはじめようとしていた。そばで、水絵が見ている。僕が出刃包丁を握った時だった。店の電話が鳴った。僕は、出

刃包丁を置いた。店の電話をとった。

「おれだ」

その声は、チンピラの松井だった。

「ああ……例の天プラは」

と言いかけた僕の言葉を、松井がさえぎった。

「それどころじゃない。やばいことになった」

「やばい？」

「ああ。あんたの店に、車を突っ込ませる気だ。さっき、幹部の連中が話してた」

「だって、うちに嫌がらせをするのは、あんたの仕事だったんじゃないのか？」

「おれは、おろされた。かわりに、もっと荒っぽい手を使うらしい」

「で……車を？」

「ああ。暴走族上がりの若いもんが、盗んだ車で、あんたの店に突っ込む。さっき出ていった」

松井の話し方は、あわただしかった。そして、

「もうすぐ」

と言ったところで、電話はぷつりと切れた。僕は、ただツーッーと鳴っている受話器を

耳からはなした。置いた。

僕は、ゆっくりと店から出た。いまのところ、異常はない。セミの声だけが、雨のように降り注いでいた。店から水絵が出てきた。

「何かあったの？」

と訊いた。僕は、事情を、ごく簡単に説明した。

「危ないから、家に帰ってた方がいい」

僕は言った。けれど、彼女は首を横に振った。その時、車のエンジン音がきこえた。

「隠れてろ」

僕は言った。車の音は、大きくなる。やがて、ゆるいカーブを曲がって、一台の乗用車が姿をあらわした。白い中型車。車種は、よくわからない。ナンバーは〈足立《あだち》〉だった。

松井の話では、盗んだ車だという。車は、店の前、七、八メートルのところで止まった。運転席には、若い男がいた。髪は坊主刈り。濃いサングラスをかけている。僕は、店の前に立っていた。

車は、止まったまま、エンジンをふかした。二度、三度とエンジンをふかす。店の前に立っている僕を、あきらかに威嚇《いかく》している。が、僕は動かなかった。店の前に立ち、運転席の男を見ていた。くるならこい……。

やがて、車がギアを入れたのがわかった。エンジン音。後輪が、土と砂を蹴散《けち》らした。タイヤが、一瞬、スリップする。直後、車は突っ込んできた。どこかで、悲鳴がきこえた。はねられるかな。とっさに思った。けれど、相手はブレーキを踏んだ。つんのめるように、車は止まった。その鼻先から僕の体までは一メートルもないだろう。開け放った運転席の窓から、相手が顔を出した。

「どけよ！　この野郎！」

と叫んだ。

「やだね」

僕は言った。

「殺されたいのか!?」

「……やってみろよ。店を壊すのと殺人がどれほど違うのか、わかってるなら、やってみろよ」

僕は言った。サングラスをかけていても、やつの表情に動揺が走ったのがわかった。まだ若い。せいぜい二十代の中頃だろう。こういう展開は、予想していなかったのかもしれない。盗難車を走らせ、店に突っ込む。そして逃げてくる。そんなことだけ命令されてきたのだろう。人を殺すか殺さないか、そこまでのことになるとは、予想外だったに違いない。

僕とやつは、睨《にら》み合った。三〇秒……四〇秒……やがて、一分……。やつは、

「ちっ」

と言った。ギアをリヴァースに入れた。乱暴にバックする。砂ぼこりを上げながら切り返す。乱暴な運転でカーブの向こうに、消えていった。

それから、三〇分ぐらい過ぎた。

僕と水絵は、台所にいた。僕はまた、カサゴを、まな板にのせていた。けれど、当然、気持ちは揺れていた。まだ、緊張がほぐれていない。わきの下にかいた汗が、やっと引いたところだった。冷蔵庫から、ビールを一缶出す。ゆっくりと、飲みはじめた。最初は、ビールの味がよくわからない。缶の半分ぐらい飲んで、やっと、緊張がほぐれてきた。ビールの味が、わかるようになってきた。

「……どうなるかと思った……」

僕のそばで、彼女が、つぶやいた。

「ああ……。でも、なんとかなった……」

と僕。

「……でも……あなたが、はねられちゃうんじゃないかと思った……」

と彼女。

「勇気があるのね……」

と言った。僕は、首を横に振った。

「……勇気とか、そんなんじゃないよ……。半分、やけっぱち、かな……」

「……やけっぱち？……」

彼女が、僕の横顔を見た。

「……いつ死んでもかまわない……。そう思ってるから……」

僕は、つぶやいた。

「……いつ死んでも？……」

彼女が、訊いた。僕は、一缶目のビールを飲み干した。二缶目を開け、口をつける。少し気分がリラックスしてきた。二缶目を半分ほど飲んだところで、ぽつり、ぽつりと話しはじめた。

僕は、東京の大田区で生まれ育った。多摩川《たまがわ》の河口近くにある住宅地。その中に、僕の家はあった。

父は、早稲田大学を出て大手の自動車メーカーに勤めていた。高度経済成長を経験してきた世代であり、それだけに、よく働く企業人だった。僕がまだ子供だった頃、すでに、係長だか係長補佐だかという肩書きがついていたと思う。

母は、有名女子大を出ていたけれど、仕事には就《つ》いていなかった。僕は、そんな家の長男として生まれた。三歳違いの弟がいる。商社に勤務していて、いまトロントに駐在している。

うちは、いわゆる二世帯住宅だった。父の両親が、一緒に住んでいた。廊下でつながった別棟に、祖父母が住んでいた。

母は、父の両親とともに住むことを了解して結婚したという。けれど、暮らしているうちに、そりが合わなくなってきたようだ。母と祖母の仲が、しだいに悪くなっていった。僕が小学生になる頃には、かなり険悪になっていた。

母と一緒にいると、祖母への非難をきかされた。祖母と話していると、母への悪口をきかされた。祖母にしてみると、母は、高学歴を鼻にかけた嫌な女ということらしい。

僕は、そんな悪口をきかされることに、小学校低学年の頃、すでに嫌気がさしていた。

小学三年の頃には、母とも祖母とも、距離を置くようになっていた。母や祖母の話をきいているふりをして、頭の中では、別のことを考えていた。父は仕事が忙しく、ほとんど家にいなかった。たまに家にいると、母や祖母と口論していた。

いまのように小学生がパソコンで遊ぶ時代ではなかった。僕は、部屋にこもると、よく勉強をした。数学（その頃は算数）と理科は、得意だった。

中学、高校へと進学しても、数学と物理は、成績がよかった。そういう理系的なものは、あいまいさを含まない。べたべたとした人間感情とは無縁だ。家庭内の人間関係に嫌気がさしていた僕は、自然と、そっちの方向に向かっていた。

人間関係というものが嫌いな僕には、友達も少なかった。いじめにあったことはないが、親しく話す友人もいなかった。友人ができなかったのではなく、あえて友人をつくらなかった。まわりから見れば、いつも理数系の本を読んでいるクールなやつ、ということになるのだろう。

僕は、もともと身長が高かったので、中学時代から、よく部活にさそわれた。高さが必要な、バレーボールやバスケにさそわれた。けれど、僕はバレー部にもバスケ部にも入らなかった。そういう人間関係のやっかいなチーム・スポーツを、したくなかった。

かわりに僕が選んだのは、陸上部だった。顧問をやっていた体育の教師は、背の高い僕に、走り高跳びをやらせようとした。けれど、僕はしたがわなかった。陸上でも、あまり人気のない一万メートルを選んだ。一万メートルは、人気がないので、同じペースでトラックを走る仲間もいない。ライバルも少ない。

僕は、いつも一人、トラックを黙々と走っていた。一万メートルが好きだったからではない。黙々と走っている間は、誰とも話さないですむ。自分一人の世界にこもっていられるからだ。

陸上以外に、僕がやったのは釣りだ。自転車で少し走れば、東京湾に出られる。けしてきれいとはいえない東京湾だけれど、そこそこ、魚は釣れた。エサ釣り。ルアー・フィッシング。どちらも、僕はやった。

釣りを好んだ理由も、一万メートルを走るのと共通していた。一人、釣り竿を握っている時は、誰とも口をきかないですむ。海があり、自分がいるだけだ。たとえば、日曜の午後遅く。東京湾に面した岸壁。黄色みがかった陽射しをうけて、一人じっと釣り竿を握っている少年……それが、十代の自分だった。

14　君はいつも、僕のTシャツのスソを握っていたね

やがて、高校の卒業が近づく。

僕は、東京工業大学に合格した。難関といわれる東工大だけれど、楽々とうかった。周囲も、それほど驚いてはいなかった。僕の理系の成績は、高校でもずば抜けていたからだ。僕が大学に入った頃から、父と母の関係がさらに悪化した。母が、市民運動に参加しだしたのだ。なんとかネットワークという市民運動で、主な目的は、多摩川の水質を改善するということらしかった。ある区会議員が裏にいたらしいが、表向きは、よくある市民運動だった。母はそこにのめり込み、毎日のように、出かけていった。

母が、夜遅くまで帰ってこないことも多くなった。けれど、僕は気にしなかった。晩飯は、たいてい、どこかのファミレスですませた。

そんなある日。夜の一一時近くに僕は家に帰ってきた。母は、その日も、市民運動にいっているはずだった。僕が家の近くまでくると、道路に人影があった。立ち話をしている

男と女の姿があった。片方は母だった。相手の男は、暗くてよく見えなかった。声からして、中年男だとは、わかった。

暗い道路で立ち話をしている母の声が、いつもと違っていた。少しはしゃいでいた。それは、男と話をしている女の声だった。けして、家ではきくことのない声と口調だった。僕は、その場を避け、回り道をして家に戻った。

そんなことが続き、父と母の仲は、さらに冷え込んでいった。祖母は、以前にもまして母を非難した。が、僕も弟も、気にしなかった。家は、ただ、寝に帰る場所だった。僕は、家族のごたごたに背を向けて、勉強にうち込んでいった。弟も同じだった。

そんな僕にも、恋人のようなものはできた。デートをし、キスをし、何回目かで彼女と寝た。けれど、彼女に深く感情移入することはなかった。彼女と逢《あ》っていても、心の半分は醒《さ》めていた。女の嗅覚《きゅうかく》は鋭いので、そんな僕のことを見抜く。やがて、二人のつき合いは終わる。最後に逢い、別れる時、彼女が言った。〈あなたのことが、よくわからない……〉と言った。それから以後も、時どきできる恋人に、よく同じことを言われたものだ。

大学を卒業した。僕は、大手のカメラ・メーカーに入った。光学機器のエンジニアになろうとしていた。

望み通り、僕は、カメラの開発にたずさわることになった。入社して二年で、重要な開発チームに入った。新型カメラの開発チームの一員になった。社内の精鋭を集めたチームだった。

大学を卒業すると同時に、僕は家を出ていた。会社から近いところにマンションを借りた。家には、めったに帰らなくなった。すでに家は遠いものになり、〈家に帰る〉のではなく、〈たまに家に行く〉という意識になっていた。

入社五年。二八歳で、開発チームの中でも一つのパートで責任を持つ立場になった。確かに、われながら、よく働いたと思う。毎日、テストに明け暮れた。徹夜することも多かった。けれど、まったく気にならなかった。光学の世界には、あいまいな人間感情が介在しない。そういう研究や仕事が自分に向いていたのだと思う。

三〇歳で、一つの開発チームを完全にまかされることになった。社内でも異例の早さだった。が、異議をとなえる者はいなかった。僕が開発にかかわった新型の一眼レフは、すべて成功をおさめていたからだ。カメラ業界でも、〈沢田〉の名前が知れ渡りはじめていた。

その頃、僕は自分のマンションを買った。すでに、それだけの年収があった。自分のために本格的に料理をするようになったのも、この頃だ。自立して生きていくために……。

恋人は、時どきできた。けれど、いつも、長続きはしなかった。僕は、結婚をする気が、まったくなかった。だから、恋人ができても、いずれは別れることが自分の中に前提としてあった。当然のように、つき合っている時にも、心のどこかは醒めていた。以前と変わらずに……。

そんな気持ちは、相手に伝わってしまうものだ。その結果、相手は離れていく。学生時代と同じように、〈あなたのことが、よくわからない〉という意味の言葉を残して……。そうして恋人と別れるたびに、僕がほっとした気分になることも事実だった。

簡単に言ってしまえば、僕は、何も荷物を持ちたくなかったのだ。家庭、家族……そういうたぐいの関係やしがらみから、すべて自由でいたかったのだ。〈人生のパートナー〉などという言葉を、最も嫌った。

僕をささえていたのは、仕事だった。一眼レフを開発するエンジニアとしての仕事だった。もちろん、努力はした。うぬぼれではなく、光学機器のエンジニアとしての資質にもめぐまれていたと思う。

自分達が開発したカメラが発売される。それからの一、二ヵ月、僕らは息をつめるように、動向を見守っていた。やがて、マスコミの反応と、売れ行きの数字が出てくる。それが成功を示していれば、僕らは、心からほっとするのだ。

この頃の僕は、自分の仕事に、心からプライドを持てていたと思う。仕事と自分が、完全に一体化していた、そんな感じだった。

翳《かげ》りが出はじめたのは、僕が三三歳の頃だった。デジタル化の波が押し寄せてきたのだ。一般アマチュア向けのデジタル・カメラは、とっくに出回っていた。すでに全盛になっていた。そして、プロ用の一眼レフにも、デジタルが導入されはじめた。各社、先を争ってデジタル一眼レフの開発をはじめていた。

もちろん、うちの会社でも、デジタル一眼レフの開発をはじめることになり、僕のチームが、それをまかされた。デジタルを専門とするエンジニアをチームに入れ、開発にとりかかった。

が、すんなりとはいかなかった。フィルムに映像を定着させるこれまでの一眼レフと、デジタルのメモリーに映像をとり込むデジタル一眼レフでは、大きな違いがある。僕らのこれまでの経験では、対応できないことも多かった。

それでも、僕らは、頑張った。デジタルのエンジニアとともに、なんとか、一台の機種を完成させた。開発に着手してから二年たらずで、市場に送り出した。

けれど、それは失敗した。〈とてもプロの使用にはたえない〉とカメラ雑誌で酷評された。僕が三五歳の時だった。

原因の多くは、急ぎ過ぎたことにあったと思う。われ先に、各社がデジタル一眼レフを出そうとしているタイミングだった。一ヵ月でも早く売り出したいという会社の意向もあった。それもあって、僕らは、完成度の低い機種を、送り出してしまったのだ。

まだまだ、プロでも使えるデジタル一眼レフは、市場が混乱していた。決定的なヒット作は出ない状況だった。

僕らは、再び、デジタル一眼レフの開発をはじめた。今度は必要な時間をかけた。二作目も失敗したら、ブランド・イメージも大きな打撃をうける。僕らは、背水の陣で、新機種の開発にあたった。責任者の僕は、週に二、三回は徹夜をした。歯をくいしばって、テストをくり返した。

それは、エンジニアとしての存在理由とプライドをかけた闘いだった。負けることができない闘いだった。

時には、デジタルのエンジニアと意見が対立することもあった。けれど、僕が、自分の意見を通すことの方が多かった。これは、責任者である自分の勝負だと思っていた。光学エンジニアとして、すべての力を出しきったと思う。

約三年をかけて、新機種は、完成した。同じ頃、ライバル各社も、新しいデジタル一眼レフを発売しようとしていた。ほとんど同じ時期に、大手四社から、デジタル一眼レフの新機種が発売された。僕は、息をつめるようにして、動向を見つめていた。

約二ヵ月後。結果が出た。売れ行きでも、専門家のレポートでも、うちの機種は、最下位だった。

社内に重い空気がたちこめた。世界的にも、カメラがデジタル化していくのは、止めようのない流れだった。その新しい時代のスタート段階で、うちの会社は、つまずいてしまったのだ。

けれど、僕にとってのショックは、少し別のところにあった。ほとんど同時に発売された他社のカメラを手に入れ、テストしてみた。その結果、確かに、自分が開発したものが、最も劣っていたのだ。その事実は、僕の心を突き刺した。

光学エンジニアとしての自負心が、僕が生きている理由だったのだ。全力をつくして開発したものが失敗したということは、エンジニアとしての寿命がつきたということを意味する。

実際、カメラ業界でも、〈沢田は、もう終わった〉という声がきかれるようになった。

僕の開発チームは、解散することになった。それが発表される前日、僕は、会社に辞表を出した。夜、誰もいなくなった開発室。僕は一人、デスクの上を整理した。わずかばかりの私物を持ち、会社を後にした。やけに春めいた夜だった。それが、逆に物悲しかった。

これ以上、生きていくつもりはなかった。生きていく理由がなかった。脚を折った競走馬が薬殺されるのと同じことだ。用なしになった自分を、ただ仕末するだけのことだ。一日二日、自分の部屋を整理しても、考えは変わらなかった。幸い、〈人生のパートナー〉も何もいない。自分で選び択《と》った人生に、自分でピリオドを打つ。そのことに、迷いはなかった。自分の内面をのぞき込み、とことんつきつめれば、プライドは高いが、精神的に脆《もろ》い人間なのだろう。そして僕は、死に場所を求めて、この海岸にやってきた。

僕は、ゆっくりとカサゴをさばきながら、そんな話をし終わった。水絵は、口をはさまず、僕の話をきいていた。

僕が、話し終わって五分後。鍋《なべ》に入れたカサゴを煮はじめた時だった。斜め後ろにいた水絵が、僕のTシャツのスソをつかんだ。スソを軽く引っぱりながら、

「……でも……いまは死んじゃったりしないわよね……」

と、つぶやいた。

「死んじゃったりしないよね……」

と、くり返した。

「……ああ……」

僕は、鍋の表面に浮いたアクをすくいながら言った。

「本当に、いなくなったりしないよね……」

「……ああ……」

「絶対に？……」

「……ああ……」

そんなやりとりをしているあいだ、彼女は、僕のTシャツのスソを握っていた。

それ以来、僕のTシャツのスソを握るのは、彼女の習慣になった。

たとえば、朝や夕方、ビーチグラスを探して、砂浜を二人で散歩する。そんな時、彼女は、僕のTシャツのスソを握っていた。僕の方が、彼女よりかなり背が高い。歩幅が広い。歩いていても、自然に、彼女の方が遅れそうになる。それで、僕のTシャツをつかむのかと思った。僕は、歩くテンポを落とした。彼女のペースに合わせて、ごくごくゆっくりと歩くようにした。それでも、彼女は、Tシャツのスソをつかんでいる。

彼女の別荘で、僕が料理をしている時も、彼女が僕の斜め後ろに立ち、Tシャツのスソを持っていることがよくあった。まるで、そうしていないと、僕が、どこかへいなくなってしまうかのように……。

以前の僕だったら、そんなことをする女は、嫌っていたはずだ。そんなべたべたしたことをされたら、すぐにつき合いをやめていたはずだ。けれど、水絵の場合には、それが、まったく気にならなかった。たとえば砂浜を散歩している時、Tシャツのスソを握っている彼女を、可愛いとさえ感じていた。以前なら、〈お荷物〉と感じたはずの相手を、いまは、〈守るべきもの〉と感じている。僕は、三八歳で、初めて、恋愛をしたのだろうか……。

この夏、Tシャツにまつわる出来事が、ほかにもあった。八月に入ってしばらくした時のことだ。その日も、僕は、彼女の別荘でブイヤベースをつくった。そして、テーブルについた。スプーンを使いはじめた。その時、僕のスプーンから、カサゴの身がこぼれた。一片の身が皿に落ちて、スープがはねた。はねたスープの一部が、僕のTシャツの胸にかかってしまった。

「そのままじゃ、シミになって、とれなくなっちゃうわ」

と彼女。二階へ上がり、一枚のTシャツを持ってきた。彼女は、寝る時、だぶっと大きなTシャツを着ているという。持ってきたTシャツは、そんなパジャマがわりの一枚らしい。

僕は、スープがついたTシャツを脱ぎ、彼女が出してくれたTシャツに着替えた。薄いブルーのそのTシャツは、確かに、女性が着るにはかなり大きく、ちょうど僕の体に合った。彼女は、スープがついた僕のTシャツを、洗面所の方に持っていった。すぐ水に漬けるためだろう。

やがて、彼女は戻ってきた。また、スプーンを使いはじめた。スープを飲みながら、ぽつりと言った。

「……洗濯、やらせてくれない？」

と言った。

「……洗濯？」

彼女は、うなずいた。

「前から思ってたの。こうしてもらってて、わたしが、お返しにしてあげられることって、何かないかなって……。考えてみたら、洗濯があるかなと思ったの。洗濯物、けっこうあるでしょう？」

「……まあ……」

僕は答えた。確かに、洗濯物は、かなり出る。夏休みに入って、ボートの客は、ぐんとふえた。毎日、六、七艘《そう》のボートを海に出す。そして、砂浜に上げる。しかも、このところ暑い日が続いている。当然、汗をかく。Tシャツ、ショートパンツ、下着、タオル……洗濯物は多い。僕は毎晩、それを洗面器で手洗いしていた。

「洗濯なら、わたしでもできるから……」

と彼女。

「でも……ここって、洗濯機がないんじゃない？」

僕は訊《き》いた。彼女は、うなずいた。

「そのぐらいの洗濯なら手でもできるけど、洗濯機のあてなら、あるの」

と言った。話しはじめた。

歩いて七、八分のところに、小さなスーパーがある。国道134号に面したスーパーだ。店舗が小さいから、置いてある商品も少ない。けれど、近所の人はよく利用しているようだ。そのスーパーの出入口に、ちょっとした掲示板がある。誰でも使える掲示板らしかった。そこに、〈洗濯機、売ります〉の貼り紙がしてあるという。中古の洗濯機を、三千円で売ると書いてあるらしい。

「三千円……ずいぶん安いな……」

「売り手は、米軍の人らしかったわ」

彼女が言った。このあたりから、横須賀にある米軍基地までは、車だと二〇分ぐらいだ。

しかも、葉山、逗子などに比べると、家賃が安い。そんな理由で、家や部屋を借りているアメリカ兵や家族は、けっこういる。しかも、アメリカ兵は、転属が多い。家具や電気製品の売り物が出てもおかしくはない。

「とりあえず、連絡をとってみるわ」

と彼女は言った。


翌日。彼女から電話がきた。例の洗濯機を売りに出しているのは、アメリカ兵に貸し家の世話をしている日本人の不動産屋だという。グアムに転属していくアメリカ兵に頼まれて、家電品を売りに出しているらしい。そんな事情はともかく、彼女は、三千円で洗濯機を買うことにしたという。昼頃には、その不動産屋が、洗濯機を持ってくると言った。

午後一時過ぎ。僕は、洗濯物のTシャツを二枚持って、彼女の別荘に行ってみた。

「きたわよ」

と彼女。僕らは、別荘の廊下を歩いていった。廊下の突き当たりに、勝手口がある。勝手口というより、海から帰ってきた時の出入口らしい。コンクリート敷きになったスペースがあり、水道の蛇口がある。そこで、足の砂などを洗い落とす場所なのだろう。片すみには、魚を突くモリなどが置かれていた。

その、土間のようなスペースに、洗濯機が置かれていた。アメリカ製のものらしかった。僕は、洗濯物のTシャツを彼女に渡した。

「まかせといて」

と彼女が言った。

夕方の五時近く。ボートの客が全部帰った。僕は、また、彼女の別荘に行ってみた。門を開けて入る。彼女は、縁側にいた。その表情が、冴《さ》えない。

「どうした」

と僕は訊いた。

「それがね……」

と彼女。家の奥に入っていった。そして、洗面器を持って戻ってきた。中には、濡《ぬ》れたTシャツが入っていた。彼女は、洗面器を縁側に置く。入っているTシャツをとり出した。Tシャツは、ボロボロに破れていた。僕は、さすがに少し驚いた。

彼女が説明しはじめた。Tシャツを入れ、洗濯をはじめた。ところが、しばらくして行ってみると、ものすごい勢いで洗濯機が回っているという。あわてて止めたけれど、Tシャツは、もう、ボロボロになっていたらしい。

この洗濯機は、洗う勢いが四段階になっているという。日本語で言えば、〈弱〉〈中〉〈強〉というところだろうか。その〈強〉の上に、〈スーパー・パワフル〉という段階があるらしい。

「わたしは、〈弱〉のところにセットしたんだけど、そのセットする回路が故障してるらしくて、〈スーパー・パワフル〉になっちゃったみたい」

と彼女。それから、〈中〉や〈強〉にセットしてみたけれど、どうやっても、洗濯機は、変わらずに、狂暴なほどすごい勢いで回るという。

「……ごめんなさい」

彼女は言った。僕のTシャツが二枚、そして、彼女のものらしいTシャツ一枚が、ボロボロになっていた。僕も、ハワイのコンドミニアムで経験したことがある。アメリカの洗濯機は、もともと回る勢いが強いものが多い。普通に洗っていても、アロハシャツが一枚、破れたことがある。

「気にしなくていいよ。たかが安物のTシャツだから」

僕は言った。それは本当だ。彼女は、うなずいた。けれど、その表情が、しょんぼりしている。しょんぼりした表情のまま、

「やっぱり、三千円は、安過ぎたわね……」

と、つぶやいた。

僕は、そんな彼女を見ていて思った。彼女は、子供の頃から海好きで活発な子だったかもしれない。大人になってからは、有能なパッケージ・デザイナーだったかもしれない。時間があれば海外を飛び回る行動力もあったのだろう。

けれど、そばで見ている僕からすると、どこか、不器用さのようなものを感じることも事実だった。そう……不器用というのが最も正確だろう。

モルディブでの事故のショックを、心の闇として、かかえ込んでしまった。そのことにしても、彼女は、あまりにも真正面から、それと向かい合ってしまったのではないか……。弟の康雄も言っていたように、その少し不器用な性格のために……。

僕は、そんなふうに、彼女をとらえはじめていた。同時に、そんな彼女をなんとかしてやりたいという思いが、日を追って強くなるのを感じていた。

15　過ぎた日々は、美しい

その夏、僕らは、よく釣りにも出た。ボートの客の少ない日。午後から二人で釣りに出た。カサゴやキス、メバルなどを釣った。彼女の表情は明るかった。

ただ、そんなある日、明るかった彼女の表情が曇ったことがあった。水曜日の午後だった。僕らはボートで海に出た。水深七、八メートルのところにアンカーを打ち、釣りをはじめた。釣りをはじめて一時間ぐらいした時だった。彼女が、岸に戻りたいと言った。僕は、はじめ、どうしたのだろうと思った。それまでは、楽しく釣りをしていたのだから……。が、周囲を見回して、理由がわかった。

僕らのボートから五〇メートルぐらい離れたところに、一艘《そう》の漁師船がいた。小さな伝《てん》馬《ま》船は、白と紺の二色で染めた旗を立てていた。それは、〈潜水している〉ことを示す旗だった。

実際に、一人の漁師が、潜っては何か獲《と》っていた。黒いウエットスーツを着ている。サザエやトコブシを獲っていたのだろう。

それを見た彼女が、岸に戻りたいと言い出した。理由は、潜っている漁師だろう。シュノーケルをつけ、海中に潜っている姿が、彼女の心をチクリと刺したらしい。潜水しているその姿が、モルディブでの事故を思い出させた……。心の中にあるブラック・ボックスが開きかけてしまったのだろう。僕は、うなずいた。釣りの仕掛けを上げる。アンカーも上げる。オールを漕《こ》いで、ボートを砂浜に向けた。

その日の夕方。彼女の食欲は、落ちていた。僕がつくったズッパを、半分ほど残した。〈ごめんなさい〉と小声で言った。

そんな彼女の具合も、二、三日で戻った。また、皿に一杯のスープは飲めるようになった。僕らはまた、朝と夕方、砂浜を散歩した。あい変わらず、彼女は、僕のTシャツのスソをつかんでいた。

時どきひろってくるビーチグラスは、もう、高く盛り上がっている。半透明のポリバケツ。その上に、ピラミッドのように高く盛り上がっている。もう何個ものらないだろう。

それを見た水絵が、

「……これも、そろそろ、終わりにしなくちゃね……」

と、つぶやいた。ビーチグラスをひろうのを、そろそろ終わりにする……。それは、親友を失《な》くしたことによる心の闇から、解放されかかっていることを意味するのだろうか……。

夏が、過ぎていく。

海水浴をしている客の姿が、減りはじめた。彼女の別荘の庭で咲いていた向日葵《ひまわり》の花が、しぼみはじめていた。赤トンボの群れが、風の中を漂いはじめていた。

八月の末だった。今年初めて、大型の台風が、関東地方に接近しようとしていた。港では、船をスロープに上げ、固定する。陸に揚《あ》げられない船には、何本もの舫《もや》いロープが結びつけられた。砂浜にある海の家では、外側に板を打ちつけている。

台風は、夜、最も相模《さがみ》湾に接近すると予報されていた。

僕は、午前中から準備をはじめた。砂浜に並べてあるボートを高い場所まで上げ、ロープでがっちりと固定し、波に流されないようにした。店の窓にも、近くの材木屋から買ってきた板を打ちつけた。昼過ぎには、できるだけのことはすませた。

彼女の家に向かった。すでに鉛色の雲が速く動いている。湿り気を含んだ南西風が吹いていた。

彼女の家に着いた。彼女は、雨戸を閉めようとしていた。僕は、その雨戸を見た。古い別荘の、木でできた雨戸だ。隙間《すきま》もある。

「これは、補強しないとまずいな」

僕は言った。そのまま、材木屋に行った。板を数枚買ってきた。ボート屋から、金槌《かなづち》と釘《くぎ》を持ってくる。雨戸に板を打ちつけはじめた。いまにも、雨が降ってきそうだった。

強風ではずれそうな雨戸に板を打ちつけ終わると、もう夕方近かった。暗い空から、雨が降りはじめた。僕は、別荘に入った。雨戸を閉めきってしまったので、彼女が居間の明かりをつけた。温かみのある白色灯が、居間を照らした。

この別荘にテレビはない。彼女が、居間にあるステレオをつけ、FMにチューニングした。78・9MHz、葉山マリーナにスタジオがある湘南ビーチFMが流れはじめた。葉山にあるコミュニティFMなので、女性パーソナリティーが、湘南地域の台風情報を読み上げている。台風が相模湾に最も近づくのは、午後八時から九時頃だという。

とはいうものの、横なぐりの雨はもう、かなり強く降りはじめている。買い物に行くのも大変だ。今日は、魚もない。仕方がない。僕は、缶詰と、レトルトのパックで晩飯のしたくをはじめた。

トマトの水煮缶を開ける。それをすり潰《つぶ》して、彼女のためにトマトスープをつくった。

瓶詰のバジルを入れ、風味をつけた。弱火で煮つめていく。自分用は、カレーだ。買い置きしておいたレトルト・パックのカレー。そして、レトルトの飯。キャンプだと思えば、どうということはない。僕は、缶ビールをゆっくりと飲みながら、そんな準備をした。あい変わらず、彼女が僕の斜め後ろに立ち、Tシャツのスソを握っていた。

したくができた。僕らは、居間で飲み食いしはじめた。ビーチFMが、台風情報と音楽を交互に流している。雨戸を叩《たた》く雨音は、激しさをましているようだ。僕は、三缶目のビールを飲みながら、カレーを食べていた。

「子供の頃って……」

彼女が、スプーン片手に、口を開いた。

「台風がくるっていう日、なんだか、どきどき、わくわくしたものよね……」

と言った。僕は、うなずいた。そして、

「大人はあわてて準備してるのにな……」

と答えた。そして、ふと思った。人はなぜ、よく、子供の頃の話をするのだろう。二度と帰ることのできない子供時代……。二度と帰れないから、それを懐《なつか》しむのかもしれない。過ぎた日々は、いつも美しい。FMが、〈スタンド・バイ・ミー〉を流していた。

予報通り、午後八時を過ぎると、あきらかに風雨が強まってきた。雨戸が、ガタガタと揺れはじめた。時おり、ゴォッという風の音がきこえた。そのたびに、家全体が少し揺れた。

八時半頃、電灯とステレオが同時に消えた。停電。もう、用意はしてあった。単一の電池を四本入れるキャンプ用のランプを、テーブルに置いてあった。それをつける。僕らの影が、壁に映っている。

風はさらに強くなり、雨戸の揺れは、激しくなった。水絵が不安な表情をした。その時だった。ガタンと大きな音がきこえた。障子が激しく揺れた。

雨戸の一枚が、はずれた。それは、すぐにわかった。僕はもう、立ち上がっていた。ショートパンツのポケットに釘を入れる。金槌を持つ。障子を開け、縁側に出た。雨戸が一枚、なくなっていた。風と雨を全身にうけた。

僕は、裸足《はだし》のまま、庭におりた。横なぐりの雨に叩かれる。雨は、なま温かかった。が、激しかった。視界が、さえぎられる。それでも、芝生の上に転がっている雨戸が見えた。

転がっている雨戸を持ち上げる。とたん、風圧をうけ、よろける。転びそうになる。なんとかもちこたえる。雨戸を、もとあった場所に戻し、はめ込もうとする。けれど、うまくいかない。

気づけば、水絵も出てきていた。

「戻ってろ！」

僕は叫んだ。けれど、彼女は僕を助けて、雨戸をはめ込もうとする。三、四分かけて、雨戸を、やっと、元の位置にはめ込んだ。彼女が、それを押しとどめる。

僕は、芝生の上から、板をひろい上げた。雨戸に打ちつけてあった板が二枚、転がっていた。それを、もう一度、打ちつけはじめた。はずれてしまった雨戸と、となりの雨戸をつなぐように、板を打ちつける。前より二倍ぐらいの数の釘を打ち込んだ。

一〇分以上かけて、板を打ちつけ終わった。雨戸は、いちおう、がっちりと固定されたようだ。

雨戸を外から固定してしまったので、縁側には上がれない。僕と水絵は、家の玄関に回った。叩きつけるような雨の中を、玄関に回る。玄関を開けて、入った。暗い玄関。玄関を閉めた。

ほっと、大きな息をついた。僕は、握っていた金槌を下に落とした。暗い玄関。彼女の体が、僕にぶつかってきた。軽く、よろけたようだ。僕は、彼女の体を抱きとめた。

僕の腕の中で、彼女は息をはずませていた。雨戸の作業で、息が切れたのだろう。彼女の頬は、僕の胸に押しつけられていた。はずんでいた彼女の息が、静まっていく。彼女が顔を上げ、僕が彼女の顔をのぞき込んだ。薄暗がりの中、僕らの顔と顔が近づく。自然に、唇が触れ合っていた。

　彼女の唇は、雨に濡《ぬ》れていた。温かく、柔らかかった。キスを五秒……一〇秒……。やがて、彼女の唇が、かすかに開いた。息が、熱をおびてきていた。

　僕らは、玄関から廊下に上がった。なま温かくびしょ濡れの服が、体にまとわりついて不快だった。僕は、Tシャツを脱いだ。ぐっしょりと濡れたTシャツは、脱ぐのにも少し苦労した。頭から抜くと、廊下に落とした。濡れたTシャツは、板張りの廊下に落ちて、ベシャッという音をたてた。

　その音が、あまりに大きかったので、僕も彼女も、思わず小さな笑い声をもらした。僕は、ショートパンツも脱いだ。これも、廊下に落ちると、ベシャッという音をたてた。暗がりの中で、また小さな笑い声……。

　僕は、彼女が着ているTシャツに手をかけた。彼女のTシャツは女物なので、より体にぴっちりしている。それが、ぐしょぐしょに濡れているので、脱がせづらかった。彼女も自分で脱ごうとしたが、うまくいかない。それでも、やっと、脱いだ。廊下に落ちたTシャツは、また、ベシャッという音をたてた。やがて、僕らは、そっと抱き合った。彼女の髪も、頰も、上半身も、濡れていた。唇を合わせていると、彼女の体が熱をおびてきた。

　その夜、僕らは初めてひとつになった。雨で濡れていた体は、しだいに、自分達の汗で濡れはじめていた。外では、激しい雨音が続いていた……。

九月に入って一週目だった。彼女が、トマトを食べてみたいと言い出した。

これまで、彼女に飲ませていたスープは、まさにスープだけだった。普通のブイヤベースやズッパには、トマトの実も入っている。煮くずれてはいるけれど、トマトの断片が入っている。ところが、彼女は摂食障害で、スープ状のものしかうけつけないという。そこで、僕は、つくったブイヤベースなどを漉《こ》していた。ていねいに漉して、純粋なスープ状にする。それを彼女に飲ませていた。

いま、彼女は、トマトの実も、口に入れてみたいという。それをきいた僕は、すぐ、河中医院に電話した。河中に、その話をした。河中は、きき終わると、

「まあ……それは悪いことじゃないな。摂食障害の治療へ、一歩前進することになる」

と言った。ただし、くれぐれも慎重に、と河中。

「少しずつ、少しずつ……。わかっていると思うけどね」

と言った。僕はうなずき、電話を切った。

その夜。僕は、いつものように、カサゴをメインにしたブイヤベースをつくった。いつ

もなら漉してスープだけにする彼女用の皿に、トマトを入れた。煮くずれたトマトの小さな断片を、二つだけ入れてみた。そして、彼女の前に出した。

彼女は、スプーンを持つ。さすがに、その表情が緊張している。まず、スープをひとくち飲んだ。……そして、スープとともにトマトの実をスプーンですくった。ゆっくりと、口に運ぶ……。飲みくだした。そして三、四秒……。僕を見て微笑した。

いままでなら、この段階で吐き気が襲ってくるという。それが、

「こないわ……。不思議……」

と彼女はつぶやいた。皿を見つめている。そしてまたスプーンを使いはじめた。僕も少し安心して、それを見ていた。オーディオからは、綾戸智絵の唄《うた》う〈ワンス・アポン・ア・サマータイム〉が、ゆったりと流れていた。少し涼しさをました風が、庭を渡っていく。吊鐘《つりがね》形をした青い花が、風に揺れていた。

翌日。僕は、入眠剤をもらいに河中医院に行った。河中に、昨夜のことを話した。水絵が、スープに入れたトマトを食べた。吐かなかった。そのことを、くわしく話した。河中は、真剣な表情できいている。

「このまま、口に入るものがふえていけば、いずれ、摂食障害は治るんでしょうか」

と僕は訊《き》いた。河中は、かすかに、うなずいた。

「確かに、いい方向にむかっていることは、間違いない。が……くれぐれも、慎重にやらなければいけない」

と言った。説明しはじめた。神経系統のトラブルの場合、回復しはじめた時は、実は最も危険な時期でもあるという。たとえば、鬱《うつ》病などでも、回復しはじめている時、突然、自殺してしまう人間は少なくないという。

「だから、くれぐれも、慎重に……」

と河中。僕は、うなずいた。


ボート屋に戻ると、電話が鳴った。とる。チンピラの松井だった。どこか駅のような所から携帯でかけているらしく、雑音まじりで、時どき、声がとぎれる。

「あんたのとこに、もう、嫌がらせはいかないよ」

と、やつ。

「もう?……」

「ああ。マンション業者が倒産したんだ。潰《つぶ》れちまったの。だから、マンションの計画は、ぽしゃった」

「……わかった。で、あんたは？」

「事務所をやめたよ。田舎へ帰る」

「田舎？」

「ああ」

と松井。地名らしいものを口にした。が、音がとぎれて、ききとれなかった。例のキスの天プラや、ガンの手術をしたはずの女性のことも訊きたかった。が、松井が、

「じゃ」

と言うと、電話は切れた。僕は、しばらく、ぼんやりと受話器を握っていた。


「ねえ、看板、つくり替えない？」

と水絵が言い出した。九月二週目の月曜日だった。いまのボート屋の看板が、あまりに、みすぼらしいと彼女は言った。

「それもそうだな」

僕は答えた。確かに、看板はみすぼらしい。全体にすすけているし、文字も消えかけている。この前の台風で、窓や雨戸に打ちつけた板が、何枚もある。その一枚で、看板をつくりなおそうと、彼女が言い出した。それは悪くないと、僕も思った。

僕らは、何枚もある板の中から、一枚を選んだ。幅が約五〇センチ。長さは、一・五メートルぐらいある板を選んだ。全体の文字配りやデザインは、彼女にまかせた。彼女はしばらく考える。

「やっぱり、海辺のボート屋さんなんだから、爽《さわ》やかな色使いがいいわよね」

と言った。デザインが彼女の仕事だったので、すべてまかせることにした。

翌日。午後。彼女が、ボート屋にやってきた。ペンキの缶と、ハケを持っていた。バスで一〇分ほど行ったところに、そういうものを売っている店があり、そこで買ってきたという。ペンキは、白と、濃い目のブルー。全体を白で塗り、文字をブルーで描《か》くという。

台所を出たところ。屋外にあるテーブルに板を置き、彼女はさっそく、ペンキを塗りはじめた。白いペンキを、板全体に塗りはじめた。ハケを動かす動作が、手慣れていた。僕が、そのことを言うと、

「美大に通ってた頃、ペンキ屋さんでバイトしてたことがあるの」

と彼女は笑顔で言った。僕は、ボート屋の仕事をしながら、時どき、彼女の作業を見に行った。夕方までに、全体に白く塗るのは終わった。

「下地は、二度塗りした方がいいと思うわ」

と彼女。これをひと晩乾かして、明日、また塗ると言った。

翌日も、晴れた。彼女はまた、昼過ぎにやってきた。白のペンキを塗った。明日、これが乾いたところで、文字を描くという。その夜も、彼女はブイヤベースのスープをよく飲んだ。煮くずれたトマトの実も、スプーンで四杯ほど口に入れた。問題はないようだった。

別荘の庭では白いコスモスの花が微風に揺れていた。

翌日。彼女は、看板に文字を描きはじめた。とりあえず、鉛筆で文字の下描きをする。

「横描き？」

僕は訊いた。

「どうせ新しくするなら、横描きの方が、しゃれてるでしょう？」

と彼女。僕は、うなずいた。横描きで〈貸しボート〉。その下に、小さめの英文で〈Rental Boat〉と入れたらどうかと彼女が言った。

「いいね」

うなずきながら、僕は言った。彼女は、作業をはじめた。僕はまた、ボート屋の仕事に戻った。秋が近づいてくる気配が濃くなり、水温も下がりはじめていた。ボート屋の客も、真夏に比べると、減ってきていた。

午後三時近くになると、濃いグレーの雲が空に拡がりはじめた。雨が降り出しそうな様子だった。僕は、彼女の作業を見に行った。〈貸しボート〉の文字は、もう、描き終わっている。その下、〈Rental Boat〉の文字も、ほとんど描き終わっていた。彼女は、〈Boat〉の〈a〉を描いていた。

「雨が降ってきそうだ」

僕が言うと、彼女は空を見上げた。

「本当……」

と言った。描きかけていた〈a〉の文字を描き終える。その時、僕の顔に、雨粒がひとつ、落ちてきた。僕らは急いで、看板を勝手口から台所に入れた。看板は、濡れずにすんだ。

その夜も、彼女は、トマトの実が入ったズッパを飲んだ。以前、彼女のためにブイヤベースかズッパをつくるのは、一日おきだった。けれど、彼女がトマトの実を口にできるようになってからは、毎日にした。それは彼女の希望だった。口に入れられるものがふえるにつれ、彼女の表情は明るくなっていくようだった。晩飯が終わったあとも、僕らの会話ははずむようになった。その夜も、僕が持ってきた、スティーヴィー・ワンダーのCDをかけて、いろいろな話をした。そして、彼女のベッドで、僕らはひとつになった。秋の初めの静かな雨が、降り続いていた。

翌日も、天気は良くなかった。雨は上がっていた。が、空は鉛色だった。また小雨が降ってもおかしくない、そんな空模様だった。当然、ボートの客はいない。僕は、店で貸し竿《ざお》やリールの手入れをしていた。

午前一〇時頃、彼女が店に顔を出した。いつものスタイルだった。ヨットパーカー、コットンパンツ、足もとはN《ニュー》・バランスのスニーカー。手に、ナイロンのポーチを持っている。

「バスで逗子まで行ってくるわ」

「……逗子？」

と僕。彼女は、微笑し、うなずいた。

「ちょっと、買い物」

と言った。確かに、ここは小さな海岸町だ。ちょっとした物を買おうとしたら逗子の街まで行かなければならない。

「お昼過ぎには、戻るわ」

と彼女。僕は、うなずいた。

竿やリールの手入れには、予想外に時間がかかった。僕が、ヘリコプターの爆音に気づいたのは、午後一時半頃だった。店を出る。海の上。かなり高度を下げたヘリコプターが、ホバリング、つまり空中で停止していた。砂浜から三〇〇メートルぐらいのところだ。大きなエンジン音がきこえる。港の方に、パトカーの回転灯が見えた。僕は、心臓の鼓動が速くなるのを感じていた。

16　片足だけのスニーカー

海上を低空でホバリングしているヘリは、海上保安庁のものだった。それは、何か海難事故が起きたことを意味する。港の方では、パトカーが二台、回転灯を光らせている。港から、伝馬船《てんま》が二艘《そう》、スピードを上げながら出てきた。防波堤を回り、外海に出ていく。

人の動きが、あわただしくなってきた。地元の人が大勢、砂浜に出てきていた。みな、砂浜から海の方を見ている。せわしく言葉をかわしている人達もいる。ヘリは、さらに高度を下げる。海面から二〇メートルぐらいまで下げた。ローターが起こす風が、海面に当たり、海の色を変えている。

僕は、砂浜に歩き出す。顔見知りの地元のおじさんに訊《き》いた。

「何があったんですか？」

おじさんは、即座に答えた。

「潜ってアワビ獲《と》ってた漁師が、潮に流されて行方不明になったってよ」

と言った。〈潜って〉と〈潮に流されて行方不明〉という言葉が、僕の心を直撃した。

彼女は、水絵は、このことをもう知ったのだろうか。僕はもう、走り出していた。全力で、彼女の別荘に走った。その途中でも、地元の人と何人もすれ違った。みな、砂浜の方に向かっている。

彼女の別荘のそばでも、主婦らしい何人かが立ち話をしていた。ヘリのエンジン音は、ここまできこえている。

別荘の門は、開きっぱなしになっている。玄関も、半開きになっている。不吉な予感……。僕は、玄関を入った。

物音はしない。玄関のたたきには、N《ニュー》・バランスのスニーカーが片方だけあった。脱いであったというより、落ちていた、という感じだった。横向きに、転がっている。

廊下に上がる。何か買い物をしてきたらしい、白いレジ袋が、廊下にあった。僕は、さらに歩いていく。倒れている人の足が見えた。白いソックスを履いた彼女の足だった。洗面所から廊下に出ていた。

彼女は、洗面所に倒れていた。うつ伏せに倒れていた。片方の足には、まだスニーカーを履いている。ソックスだけ履いた足が、廊下に出ていた。

彼女の片手が、ビーチグラスの入っているポリバケツのそばにあった。ピラミッドのように盛り上がっていたビーチグラスの山が、一部、崩れている。彼女が何をしようとしたのか、判断できなかった。何かパニックを起こして倒れたらしい。それしか、わからない。彼女の横顔……。眼は閉じている。僕は、彼女の頸動脈《けいどうみゃく》に触れてみた。脈はあった。が、とにかく、動かさない方がいいだろう。僕は、廊下にある電話機をとった。河中医院にかけた。河中はいた。僕は、状況を話した。きいている河中の声が緊張した。

「すぐ行く」

と言った。

五分もたたずに、河中は来た。少し息がはずんでいる。僕と河中で、彼女をそっと仰向《あおむ》けにした。河中は、聴診器をとり出す。彼女のTシャツを少しめくり、聴診器を当てている。

やがて、立ち上がった。電話機のところに行く。受話器をとり、てきぱきとボタンをプッシュした。

「心療内科の岡田先生をお願いできるかな。私は河中。河中と言ってもらえば、わかるはずだ」

と言った。どこか、よその病院にかけているらしい。一、二分で、相手が出たようだ。

「ああ、岡田君か。忙しいところを、すまん。いつか話した例の女性なんだが、急変した。

意識なし。不整脈も出ている。すぐに救急車をよこしてくれないか」

と河中。この別荘の住所を言った。そして、何か薬品らしいものの名前を言った。点滴か注射液の種類らしかった。河中は、早口でそれだけ言うと、電話を切った。

河中は、横になっている彼女の肩を、軽くゆすった。

「水絵さん」

と、三、四回、声をかけた。けれど、無駄《むだ》だった。彼女の意識は戻らない。

やがて、救急車のサイレンがきこえた。門の前まで入ってきた。河中と僕は、門の外へ出る。救急車から、救急隊員と、白衣を着た医師がおりてきた。医師は、中年だった。四十代だろうか。その医師を見ると、

「すまんね、岡田君」

と河中が言った。相手は、〈なんの〉という表情で、首を横に振った。

「で？ 本人は？」

「家の中だ。洗面所で倒れてる」

緊急時らしい簡潔なやりとり。救急隊員が、ストレッチャーをおろす。家に入っていく。

その一〇分後。僕らは、走る救急車の中にいた。水絵の腕には、点滴の針が固定されて

いる。一定のリズムで、点滴液が落ちている。中指の先は、洗濯バサミのようなもので挟《はさ》まれている。そこから細いコードがのびている。どうやら、心拍を測定するものらしい。車内にある小型の画面に、心電図の波形が映し出されている。河中と、岡田という医師が、それを見ている。

「おさまってきましたね」

と岡田医師。河中は、無言でうなずいた。心臓の不整脈がおさまってきたということだろうか。河中は、彼女の肩に手を置く。

「水絵さん」

と声をかける。一回、二回……反応はない。三回目。河中が声をかけると、彼女のまつ毛が、細かく震えた。が、眼は開かない。救急車は、サイレンを鳴らしながら走る。

着いたのは、大きな病院だった。〈市民病院〉という文字が、視界のすみをかすめた。救急車は、建物のわきに入っていく。救急用の出入口なのだろう。やがて救急車は駐《と》まる。救急隊員が、ストレッチャーごと、彼女をおろした。急患用の出入口に運び込む。岡田医師、河中、僕も、自動ドアを入っていく。廊下を二〇メートルぐらい行った左側の部屋に、彼女は運び込まれた。

河中が、僕をふり返った。

「訊きたいこともあるから、そこのベンチで待っててくれないか」

と言った。僕は、うなずいた。もちろん、帰るつもりはなかった。河中は、救急治療室らしいその部屋に入っていった。

三〇分ほどで、河中だけが出てきた。僕は廊下のベンチから立ち上がる。こっちが訊く前に、

「いまのところ、すぐ命にかかわる状況ではないよ」

と河中が言った。そして、状況を訊きはじめた。僕は、倒れている彼女を見つけるまでのことを話した。河中は、うなずきながらきいている。僕は、話し終わった。河中は、数秒、考えていた。そして、

「やはり、原因は、その漁師の事故だろうな……。潜水してた漁師が潮に流された、そのことを、買い物から帰ってきた水絵さんは耳にしてしまった。それで彼女はパニックを起こした。あの状況を見れば、あきらかだな。心の中のブラック・ボックスが開いてしまったんだろう……」

「モルディブでの事故……」

「ああ。癒《いや》され、閉じかけようとしていた心の傷口が、また大きく開いてしまったと思え

る……」

「……で、いまの状況は？」

「不整脈や血圧低下は、たいしたことがない。意識も、ゆっくりとだが、戻りつつある。もうしばらくしたら、少しは話せるようになるかもしれない」

河中は言った。立ち話している僕らの近くを、一人の医師が通りかかった。五十代と思える医師だった。彼は立ち止まる。

「河中先生……」

と、つぶやくように言った。河中も彼を見た。

「横山君……」

と言った。横山と呼ばれたその医師は、

「ごぶさたしてます」

と言った。河中は、微笑して、うなずいた。

「元気そうだね」

「河中先生こそ、お元気そうで……」

と言った。その横山という医師は、河中に対し、かなりていねいな言葉遣いをしている。

しばらく立ち話すると、横山という医師は会釈《えしやく》して立ち去った。何か訊きたそうにしてい

る僕を見て、
「私は、以前、この病院にいたんだ」
と河中は言った。それだけ、ぼそりと言った。僕は、小さく、うなずいた。他の医師達の対応からして、そんな気がしていた。

二時間後。彼女は、救急治療室から、一〇階にある病室に移された。ナース・ステーションのすぐ隣にある病室。状態が安定していない患者のための病室らしい。ナース・ステーションとの間は、ガラスばりになっている。ベッドが三つある。その二つは、空《から》だ。ナース・ステーションに一番近いベッドに、彼女は寝かされていた。腕には、点滴の針とチューブが固定されている。

窓の外は、もう、暗くなっていた。河中と僕は、ベッドのわきにいった。河中が、彼女の耳もとで声をかけた。二、三回声をかけると、彼女の眼が、うっすらと開いた。僕は、じっとその顔を見つめていた。

彼女は、細く眼を開いた。けれど、その眼には何も映っていないようだった。ただ、天井に向けられている。瞳《ひとみ》も動かない。河中が僕に小声で言った。
「興奮をおさえるために、鎮静作用のある薬も投与してるから、意識がぼんやりしているはずだよ」

　と言った。僕は、うなずいた。

「私は、念のため、今夜はここにいるが、あんたは、どうする？」

　河中が訊いた。僕も、もちろん、ここにひと晩いると言った。

　彼女は、また、眼を閉じていた。僕は、ナースが持ってきてくれたイスに腰かけた。眼を閉じている彼女の横顔を見ていた。時どき、ナースがくる。点滴液の量をチェックする。

岡田医師も、一時間おきぐらいにやってくる。彼女の様子と心電図を見ている。

　四時間ほどたつと、さすがに座っているのが疲れてきた。僕は、立ち上がる。病室から廊下に出た。河中が、廊下にあるソファーで居眠りをしていた。僕は、ナースをつかまえる。何か、飲み物の自動販売機はないか、訊いた。一階にあるという。

　エレベーターで一階におりた。自動販売機はあった。僕は、缶コーヒーを買った。立ったまま、飲みはじめた。そこへ、医師が一人やってきた。見れば、岡田医師だった。彼も、缶コーヒーを買った。僕と並んで飲みはじめた。

「徹夜ですか……」

　と岡田医師。僕は、

「ええ……」

と言った。

「とりあえず、河中先生がついてるんだから、まあ……」

と岡田医師。僕は、ふと思い出し、

「河中先生は、この病院にいたんですねえ」

と訊いた。岡田医師は、うなずいた。

「ここの心療内科の部長をなさってました」

「……部長……」

「ええ……。心療内科の医師としては、神様のような存在でしたよ。当時、まだ若手だった私など、お話しするだけで緊張したものです」

微苦笑しながら、岡田は言った。〈神様のような……〉僕は心の中でつぶやいた。そんな河中が、いまはなぜ、あの小さな海岸町で医院をやっているのか……。その疑問は、当然のように僕の心にわいた。が、岡田医師には訊かなかった。

僕は、また一〇階の病室に戻った。河中が起きて、ベッドのわきにいた。彼女の表情や心電図を見ている。僕は、自動販売機で買ってきた缶コーヒーを、河中にさし出した。

「あ、すまんな……」

「……どうですか……」

「いまのところ、変化はないな。良くも悪くも……」

と河中。僕は、また、ベッドのわきのイスに腰をおろした。ゆっくりと落ちている点滴液を見つめていた。やがて、僕も眠くなってきた。イスにかけたまま、うつらうつらした。浅い夢を見た。陸上のトラックを走っている夢を断片的に見た。


気づくと、窓の外が明るくなりはじめていた。彼女は、あい変わらず、眼を閉じている。ナースが点滴液を新しくしているところだった。僕は、腕時計を見た。朝の五時半だった。僕は、立ち上がる。病室を出た。河中と岡田医師が、廊下で立ち話をしていた。やがて、岡田医師が病室に入っていった。

「彼女の容体に変化はない。われわれは、一度、戻らないか。ここは岡田君にまかせて」

と河中。僕は、うなずいた。病室に入った。眠っている彼女の顔を、二〇秒ほど見ていた。そっと、病室を出た。僕と河中は、エレベーターでおりる。一階玄関を出る。客待ちをしているタクシーに乗った。走りはじめた。

走りはじめて、五分ほどした時だった。僕は、思い切って河中に訊いた。

「あの病院は、定年か何かで辞めたんですか？」

河中は、少し無言でいた。

「いや、そういうわけじゃないんだが……なんというか……疲れたんだ……」

「疲れ……」

「ああ……。あれだけの病院の心療内科だから、毎日、多くの患者をみることになる。中には、重い心の病気をかかえている患者もいる。私は腕がいいとされていたから、そんな中でも、特に重い患者を担当することになってしまう……。その結果、手に負えない場合も出てくる……」

「手に負えない？」

と僕。河中は、うなずいた。

「最悪の場合、患者が自殺したりね……」

と、つぶやいた。薄蒼《うすあお》く明けていく町が、窓の外を過ぎていく。

「……人間の心ってのは、デリケートなものでね……。その心を病んだ患者の治療は、困難なことも多い。たとえば、ガンであれば、その患部を手術で切りとることもできる。が、心の病の場合、その患部が見えないんだよ。どこにどれだけの患部があるのかもわからない。われわれは、それを手さぐりで治療していくわけだ。わかると思うが」

と河中。僕は、うなずいた。

「私は、いつも全力をつくして治療にあたってきたつもりだ。……それでも、力がおよばず、患者に死なれてしまったこともある。自分では治療が成功したと思っているのに、患者に死なれてしまった……。そういうことに、私は慣れることができなかったんだな……」

「………」

「あれは、一七、八年前のことだった……。鬱《うつ》の症状をうったえる男の患者が、私のところにきた。当時二〇歳の大学生だった。友人関係や学業で、行きづまっていたようだった。私は、普通の治療として、向精神剤の投与をはじめた。薬を飲みはじめると、しだいに症状はよくなるように見えた。と言っても、二週間に一度、一五分程度の話をするだけだったけどね。それでも、通院してくるようになって半年もすると、患者の表情は、ずいぶん明るくなった。食欲もあるという。そして、八ヵ月目。さらに状況がよくなった。そろそろ、完治が近いかな、と私は思った。そして、薬を軽いものに変えたんだ。一週間後、その大学生は、マンションの九階から飛びおりて死んだ」

「………」

「いまでも思うよ。心の病をかかえた患者は、回復しかけている時、発作的な症状を起こすことが少なくない。あの時、向精神剤を軽いものに変えたことは、失敗ではなかったか……。症状がよくなったように見えたのは、表面的なことに過ぎず、私がそれを見抜けなかったのではないか、などと考えてみた」

淡々とした口調で、河中は話す。

「……あるいは、あの自殺は、誰も防げなかったものかもしれない。けれど、担当医として、また一つ、心の中に重い石を置かれたのは確かだ」

〈心の中に重い石を置かれた……〉僕は、胸の中でつぶやいていた。

「……私は、心の中にたまった石の重さに、いよいよ耐えられなくなった……。年齢も六〇を過ぎようとしていた。心療内科医としての限界だと感じたんだ。あの病院で部長をやっていることはできたが、結局、辞めたよ。で、一六年ほど前に、あそこに小さな医院を開いたんだ。せいぜい、風邪や何かの患者を相手に、残りの日々を過ごそうと思ってね……」

河中は言った。僕は、無言できいていた。何か口をはさむには、重過ぎる話だった。そろそろ、僕らの町が近づいていた。僕は、思い切って、

「彼女は、どうなるでしょう……」

と訊いた。河中は、しばらく黙っていた。そして、口を開いた。

「いまは、なんとも言えない……。さっき話した通り、回復期は、心の病にとって、危ない時期でもあった……。そこへ、運悪く、漁師の事故が重なってしまった……。厳しい状

況であることは確かだ。現状では、なんとも言えないが……」

17　そして、少女は、鳥になった

ボート屋に戻った。薄曇り。少し肌寒いぐらいだ。釣り客はいないだろう。それでも、僕は、店の出入口に、〈臨時休業〉の貼り紙をした。倒れ込むように、眠りに落ちた。

起きると、昼頃だった。あい変わらず、曇っている。空腹だった。考えてみたら、ずっと何も腹に入れていない。近くにあるコンビニもどきの店に行った。サンドイッチと缶の紅茶を買った。店員に、漁師の事故のことを訊《き》いた。流された漁師は、三、四時間後、定置網につかまっているところを救助された。命に別状ないという。

サンドイッチを食べると、河中に電話した。河中は、あと一時間ぐらいしたら、病院に行くと言った。僕も一緒に行くことにした。ボート屋は、しばらく休業することにする。明日、一件だけ入っていた予約客に、断わりの電話をかけた。〈臨時休業〉の貼り紙は、そのままにして、店を出た。

僕と河中は、病室に入っていった。水絵はあい変わらず眼を閉じていた。腕には点滴。心電図にも波形が映っている。河中が、彼女のそばで声をかけた。小声で、

「水絵さん」

と声をかけた。彼女が、ゆっくりと眼を開いた。昨日よりは、はっきりと眼を開けた。天井を見る。そして、少し首を曲げ、河中を見た。ささやくような声で、

「……先生……」

と言った。そして、僕を見た。眼が少し大きく見開かれ、

「……ごめんなさい……」

と言った。僕は、首を横に振った。

「無理にしゃべらなくてもいいよ」

と言った。いま大切なのは、彼女の体力を消耗させないことだと、きかされていた。

その翌日。彼女は、河中医院に移ることになった。それは、本人の強い希望だという。

僕は、河中と岡田医師から説明をうけた。

「水絵さんの状態は、あまり良くない。われわれとしては最善をつくしていますが、点滴や薬による治療には、限界があります」

と岡田医師。

「もし、水絵さんが回復する可能性があるとすれば、それは、点滴や薬ではなく、彼女の気持ちによるんだ」

河中が口を開いた。

「彼女の、生きようとする気持ちが、パニックに勝ってくれれば、可能性はある……。そのためには、本人が望む環境においてあげるのが一番大切なんだ」

彼女を河中医院に移す意味は、そこにあると言った。本人が好きな海の近くに移すのが、いまは最も有効な手段だと判断したという。幸い、河中医院の二階には、充分な病室があるらしい。たりない医療機器は、持ち込むという。ナースも、交代でつけるという。そのことが、緊迫した状況を感じさせた。

翌日。昼前。水絵は、河中医院に移された。救急車で移された。河中医院の二階には、かなり広い病室があった。床は板張り。壁は、オフ・ホワイト。新しくはないが、清潔で温かみのある病室だった。窓が広くとられ、開けると、彼方《かなた》に水平線が見えた。

いくつかの医療器具が、すでに用意されていた。彼女がベッドに寝かされると、すぐ、心電図の画面がつけられた。若いナースが、てきぱきと動いていた。一段落すると、河中

が僕をよんだ。廊下で話しはじめた。できるだけの時間を、彼女の病室で過ごしてほしい
と河中は言った。
「その、なんというか……水絵さんは、あんたに好意を持っているのは確かだ。そういう
相手が、そばにいるということが、彼女を元気づけるだろう」
と河中。あとは言わなくてもわかるだろう、という表情をした。僕は、うなずいた。病
室の端には、ちょっと古い籐《とう》のソファーがある。僕は、そこで寝ることにした。
その日の夕方、弟の康雄が来た。一歳半になる子供が熱を出しているので、とりあえず
一人で来たという。康雄が声をかけると、水絵は眼を開いた。
「来てくれたの……」
とだけ言った。康雄は、ただ、うなずいていた。
そのあと、河中、康雄、僕の三人で話した。彼女の両親は、もう、ロンドンを発《た》つ準備
ができていると、康雄が言った。河中は、腕組みした。
「ご両親には、帰国しておいてもらった方がいいだろう。が……いま、彼女に会わせるの
は、どうしたものか、難しいところだな……」
と河中。
「彼女は、いま、心の中の闇と闘っている……。ロンドンの両親が会いにくるということ

は、もう自分の命が危ないのではないかと、本人に思い込ませかねない……。そうなると、本人の気力が失《う》せてしまいかねない。そこが、難しいところだ」

と言った。

「しかし……両親としては、姉に会いたがっています。もし命にかかわるような状況なら、意識のあるうちに会いたいと……」

と康雄。河中は、うなずいた。

「とにかく、帰国してもらっておいた方がいいな……。そして、この二、三日、様子を見よう」

と言った。

それから、僕は、ほとんどの時間を彼女の病室で過ごしはじめた。ボート屋に帰るのは、風呂《ふろ》に入る時ぐらい。食べ物も、ほとんど、買ってきたものですませた。時どき、河中の奥さんが晩飯をつくってくれた。

彼女は、眼を閉じていることが多かった。時たま、眼を開ける。僕と、短い言葉をかわした。僕は、あえて、はげますようなことは言わなかった。淡々と話をした。康雄は、別荘に泊まっていた。病室と行ったり来たりしていた。

三日目の午後。眼を開けた彼女が、ぽつりと言った。

「いま、何が釣れてるのかなぁ……」

僕は、ちょっと考えた。

「そろそろ、イナダが釣れはじめてるらしいな」

「イナダか……釣りたいね……」

「ああ、釣りにいこう」

彼女は、小さく、うなずいた。

「今シーズンはダメかもしれないけど……」

「ああ……来シーズン……」

「そうね……来シーズン……」

翌日、午前中、河中が僕を呼んだ。

「状況が、思わしくない。わかりやすく言えば、全身の機能が低下してきている。不整脈も出はじめたし、血圧もじりじりと低下している。意識のあるうちに、両親を呼ぼうと思う」

と言った。僕は、うなずいた。確かに、彼女の顔色は、しだいに蒼《あお》ざめていくようだった。声も、弱く、細くなっていくようだった。

その日の午後遅く。ロンドンから帰国した両親がやってきた。僕は、入れかわりに病室を出た。

両親は、三〇分ほど病室にいて、河中と一緒に出てきた。父親は、背が高い。髪には白いものが混ざっている。知的な表情をしていた。ポロシャツの上にこげ茶のジャケットを着ていた。外務省勤務というより、大学教授といった雰囲気だった。母親は、メタルフレームの眼鏡をかけ、秋物のニットを上品に着こなしていた。二人とも、僕にていねいな礼を言った。僕は、ただ、頭を下げていた。両親は、東京の家と、ここを行ったり来たりするという。

翌日。ひさびさに、晴れていた。窓の外。初秋の空が、拡がっていた。彼女が、ぽつりと口を開いた。細い声で、

「……わたし……もう、ダメなのかなあ……」

と、つぶやいた。僕は、首を横に振った。

「なんで、そんなこと言うんだ……。来シーズンは、イナダを釣りにいくんだろう?」

と言った。彼女は、

「……そうね……イナダ……」

　と、つぶやいた。

「ああ……ボートを出して、大きなイナダを釣るんだ。いまから仕掛けを準備しておくよ」

　と言うと、彼女はうなずいた。

「……ありがとう……」

　と微笑しながら言った。

　僕は、彼女に背を向け窓の外を見た。鼻の奥がツンとしていた。目がしらが熱くなった。涙がにじみそうだった。けれど、そんな顔を彼女に見せるわけにいかなかった。僕は、必死で涙をこらえていた。

　それからの五日間、彼女はあまり口を開かなかった。そのかわり、片手をさし出した。僕に、握っていてくれということらしかった。僕は握手するように、その手をそっと握った。彼女の手は、ひんやりとしていた。夜になると、窓の外では虫の鳴き声がしていた。

　彼女が口を開く回数は、日に日に減っていった。

彼女の容体が急変したのは、木曜日の昼過ぎだった。僕は、あい変わらず、彼女の片手を握っていた。ふと、彼女が眼を開けた。首を曲げ、窓の方を見た。その眼が、何か言っていた。

「窓を開けてほしい？」

僕が訊いた。彼女が、小さく、うなずいた。僕は立ち上がり、窓ぎわに行った。窓を開けた。今日は、薄陽がさしている。さらりとした空気が、部屋に流れ込んできた。僕は、彼女のわきに腰かけた。彼女の手を握った。彼女は、空気を吸い込んだ。微笑した。何か、言おうとしている。僕は、彼女の口もとに、耳を近づけた。かすかな声で、

「……う、み、の、か、お、り……」

と彼女が言った。そして、ゆっくりと眼を閉じた。その手から、力が抜けていくのがわかった。

僕は、急いで立ち上がる。病室のドアを開けた。ちょうど、ナースが入ってこようとしていた。僕が何か言う前に、ナースは心電図を見た。波形が、あきらかに乱れている。

「先生！」

とナースが階下に叫んだ。すぐ、河中が病室に入ってきた。心電図を見る。波形が小さくなってきていた。

「強心剤!」と河中。ナースがてきぱきと、注射器を渡した。河中が、彼女の腕に注射をうつ。その間にも、

「血圧も低下しています!」とナース。

「昇圧剤! それと、家族に連絡を!」と河中。ナースが、別の注射器を渡す。河中は、それを続けて彼女の腕にうった。ナースが病室を早足で出ていった。河中が酸素マスクを彼女の口と鼻に当てた。

彼女は、眠っているようだった。そのまつ毛が、細かく震えている。二、三分で、それも、止まった。僕は心電図を見た。小さいけれど、あらわれていた波形が、さらに小さくなり、やがて、消えた……。水平線のように平らになった。

河中が、もう心臓マッサージをはじめていた。彼女の胸を規則的に押す。両手で押し続ける……。河中の顔に、汗がにじみはじめた。三分……。四分……。五分……。だが、水平線のようになってしまった心電図に、変化はあらわれない。やがて、河中が、大きなため息をついた。ゆっくりと体を起こした。

「だめだった……。私達は、最善をつくした。しかし、彼女を救えなかった……」

わったのだ。

と言った。その声が震えていた。彼女は、静かに眠っていた。彼女の闘いは、いま、終

五分ほどで、康雄が病室に駆け込んできた。覚悟はできていたらしく、とり乱しはしなかった。けれど、崩れるように、ベッドのわきにひざまずいた。彼女の片手を、両手で握った。

「……残念だった……」

と河中。僕は、そっと病室を出た。一階におりる。ナースが、電話で話している。たま

たま東京に戻っていた彼女の両親に連絡をとっているらしかった。

僕はスニーカーを履き、病院の前庭に出た。大きく息を吸って、吐いた。まだ、悲しみの波は押し寄せてこない。放心……。その言葉が、一番近いだろう。庭のすみ、リンドウが咲いていた。青紫色の花が、かすかな風に揺れている。

後ろで足音がした。ふり向く。河中だった。白衣に、サンダル履きだった。河中は、ゆっくりと僕の方に歩いてきた。白衣のポケットから、一枚の紙片をとり出した。僕にさし出した。メモ用紙だった。

「自分に何かあったら、あんたに渡してくれと……。四、五日前かな……あんたが外出し

てる時に、彼女が書いたものだ」

と河中。僕は、それを見た。あきらかに、彼女の字だった。かなり乱れてはいるけれど……。


〈もっと生きていたかったです。

一緒にイナダ釣りもしたかった。

どうか、わたしの分まで生きてください。〉

と書かれていた。僕は、じっと、それを見つめていた……。


気がつくと、砂浜にいた。並べてあるボートの上に腰かけていた。頭の中は、まだ、空白だった。やがて、陽が傾いてきた。僕は、立ち上がった。彼女の別荘の方に歩きはじめた。僕と彼女が、長い時間を過ごした別荘……。しばらく行っていない。

別荘の門は、半開きになっている。康雄は、知らせをきいて、あわてて出ていったのだろう。玄関の鍵《かぎ》も、かかっていなかった。僕は中に入った。

玄関から居間に入る……。ふと、居間のすみにあるものに気づいた。白いレジ袋だった。

それは、彼女が倒れているのを見つけた時、廊下に置かれていたものだった。たぶん、バスで逗子まで行き、買ってきたものだろう。

レジ袋の口は、テープで止められている。そこそこ重さがある。僕は、テープをはがしてみた。中身は、クッション・ペーパーに包まれていた。かなりしっかりと、くるまれていた。クッション・ペーパーを、ゆっくりとはがす。

出てきたのは、二枚の白い皿だった。シンプルで洒落《しゃれ》たデザインの皿だった。そして、かなり深さがあった。

それを見たとたん、僕は理解した。これは、ブイヤベースを食べるために、彼女が買ってきたものだ。この別荘にある皿は、少し浅い。僕らは、ブイヤベースやズッパを飲み食いする時、少し不便な思いをしたものだった。二回、盛りつけたこともある。そのために、彼女が逗子まで行って買ってきたものに間違いなかった。

皿の裏を見る。〈¥1480〉と値段シールがついていた。

彼女は、僕と一緒に、この皿で、ブイヤベースを食べるつもりだったのだ……。少女のように心をはずませて、バスで買い物に行ったのかもしれない。

僕は、二枚の皿を、畳に置いた。彼女は、僕と一緒に、これを使い続けるつもりだったのだ。飲んで、食べて、生きるつもりだったのだ。僕と一緒に幸福に暮らしたいと願っていたのだ……。

そのことを思うと、刺すような悲しみが、押しよせてきた。僕は、皿の一枚を手にとった。〈￥1480〉の値段が、涙でにじみはじめていた。〈また一緒に釣りをしようって、約束したじゃないか!〉僕は、胸の中で叫んだ。どうして、どうして、どうして……。涙が、とめどなくあふれてきた。頬を伝い、持っている皿に落ちた。肩を大きく震わせ、僕は涙を流し続けた……。いつまでも……。とぎれることなく……。

彼女の死から、四週間が過ぎた。

空は、すっかり、秋後半の色になっていた。青く高い空に、イワシ雲が拡がっていた。

その日は、風がなく暖かかった。僕は、Tシャツの上に、ネルのシャツを着て、外で作業をしていた。倒れる前に、彼女が描《か》きかけた看板を仕上げようとしていた。

ここで生活しはじめた半年前に比べると、僕はかなり陽灼《ひや》けし、腕には、かすかな筋肉がついていた。

店の外。先週買った軽トラックの荷台に、看板を置いた。ハケの先に、青いペンキをつける。彼女があの時、描き終わらなかった最後の一文字、〈Boat〉の〈t〉を描きはじめた。彼女ほど、うまくはいかない。が、時間をかけ、なんとか、それらしい文字が描けた。

この一日二日は晴天が続きそうだった。看板は、そのまま、打ちつけても大丈夫そうだった。

看板を持ち上げようとして、Tシャツのスソが、軽トラの荷台に、一瞬、引っかかった。彼女がいつも、そこをつかんでいた。そのせいで、Tシャツのスソが伸びてしまったのだ。それを思い出せば、心に鋭い痛みが走る……。また、目がしらが熱くなる。視界が、ぼやけた。

僕は、にじんだ涙を、左手の甲でぬぐった。看板を、店の壁に打ちつけはじめた。少し長めの釘《くぎ》で、看板を打ちつけていく……。やがて暑くなってきたので、ネルのシャツを脱いだ。また、金槌《かなづち》を使う……。そうしながら、僕は思っていた。彼女は、精一杯闘い、そして、力つきたのだ。もう、彼女のためにしてやれることは何もない。あるとすれば、あの伝言通り、彼女の分まで生きること……。それだけだ。

孤独な一万メートル走者だった僕は、彼女にバトンを渡されたのだろう。〈命〉というバトンを渡されたのだろう。僕はいま、そう思っていた。

僕は、看板の両端を釘で止めた。一歩はなれる。曲がっていないか、確かめる。その時、何かが頭上をよぎった。見上げる。一羽の海鳥が、ゆっくりと頭上をよぎっていった。

もしかして、あれは彼女……。その昔、イルカのようだった少女は、いま、鳥になったのだろうか……。まさか、と僕は苦笑した。眼を細め、空を見上げた。

『君の伝言通り、もう少し生きてみるよ。

そして、つぎの人生でも、また会おう……』

僕は、胸の中で、つぶやいた。どこまでも高い秋の空を見上げていた。ひんやりと乾いた風が、伸びたTシャツのスソを揺らして過ぎた。

あとがき

これは、人の心にひそむ脆《もろ》さと、それにともなう死と向かい合いながらも、懸命に生きようとした一組の恋人達の物語だ。

僕が、初めて死というものを実感としてとらえたのは二九歳の時だった。小説の新人賞をとる少し前で、広告を制作する仕事をしていた。

その年、スキーウェアの広告キャンペーンが、うちの広告代理店に依頼された。学生時代にスキーをやっていたこともあり、僕がそのキャンペーンのディレクターをやることになった。

予算はまずまずあり、マッターホルンの近くでロケをすることになった。僕は、ロケの本隊より先に、ロケハンのためにアルプスに向かった。マッターホルンの山麓《さんろく》で、スイス人ガイドとロケハンに動き回った。

ロケハンの四日目。ガイドと僕は、ヘリで氷河に上がった。マッターホルンのそばを、広大な氷河が流れている。そこも、撮影地の候補だったのだ。

ヘリをおりたガイドと僕は、スキーをはいた。氷河の斜面を滑りはじめた。氷河の雪面は、あまり硬くないアイスバーンになっていて、いいコンディションだった。滑ることが楽しくなった僕は、ついスピードを出し過ぎていた。気づけば、ガイドを追い越してしまっていた。同時にコースも変わってしまっていたらしい。

何秒後か、後ろでガイドの叫び声が聞こえた。僕はとっさにターン。思いきりエッジをきかせて、なんとか止まった。

やがて、ガイドが追いついてきた。僕が滑っていたコースの先をストックでさした。僕らが止まっている地点の一五メートルほど先に、一筋の裂《さ》け目らしいものが見えた。ガイドが〈クレバス〉と言った。

僕らは、慎重にクレバスの近くまでおりて行った。クレバスの幅は、三メートルほどだろう。が、その蒼《あお》い裂け目が、どのぐらいの深さなのか、見当もつかなかった。〈もしあなたがここに落ちたら、九九パーセント、救出はできなかった〉とガイドが言った。

もし昨夜、氷河を滑るためにスキーのエッジを研《と》ぎなおしていなかったら……あるいは、うまく止まれずに転倒し滑落していたら、まちがいなくクレバスにのみ込まれていただろう。

それが、ごく薄い壁をへだてたすぐ向こうに、死の影を感じた最初だった。

アルプスでのその出来事は、幸運にも事故をまぬがれたといえるものだろう。

けれど、次に起きた事態は、まったく性質の違うものだった。事故が、自分の心の中で起きてしまったのだ。

それは、作家として仕事をはじめて一〇年近く過ぎた頃だった。仕事は忙しく、それに加え煩雑《はんざつ》な用件をかかえてしまっていた。押し寄せる原稿の締め切り……面倒な対応……。

そんな状況が、二ヵ月ほど続いた。

そうしているうちに、食欲が落ちはじめた。ビールなどが、ひどく苦いものに感じられはじめた。あきらかに、変調をきたしていたのだ。

けれど、なんとか頑張ってしまおうと思った。頑張れば乗り切れると考えた。ただ、疲れで胃の調子が悪いだけだと……。

ところが、それは甘かった。ある日の夜から、何も食べられなくなってしまった。無理に食べても、すぐに吐いてしまう。張りつめていた釣り糸が、限界をこえてプッツリと切れてしまったような感じだった。

深夜、病院の救急外来に駆けつけた。そこでは胃薬を処方してくれたけれど、まったく効果がなかった。

水分しかノドを通らない日が、三日以上続いた。ただベッドで丸くなり、吐き気と闘う時間が続く。このままではどうなるのだろうと、ぼんやりとした頭で考えはじめていた。あの、アルプスの氷河で遭遇した蒼く底なしのクレバスを、自分の中に感じていた。

吐き気がたえまないので、夜もほとんど眠れない。せめて少しでも眠るための入眠剤を医師に処方してもらった。それを飲むと、しばらくして眠りがやってきた。

ひさびさの眠り……。それから目覚めると、ひどかった吐き気が少しおさまりかけているのを感じた。医師にそのことを話すと、医師はうなずいた。入眠剤には、神経をリラックスさせる成分が含まれている。それが、吐き気をおさえはじめたのだろうと言った。

つまり、過度にたまったストレスが神経を直撃し、ひどい吐き気や摂食障害を引き起こしたのだろうと医師。それに対処する薬を処方してくれた。

それを飲みはじめて、吐き気はしだいに弱まっていった。二週間ほどで摂食障害はおさまり、薬の必要はなくなった。それ以来、過度なストレスをうけるような生活をしないようにしている。

それにしても……と思う。人の心身、特に心には、ひどく脆い部分があるものだと実感させられた。そう、人の心とは〈壊《こわ》れもの〉なのだ。そして、誰の心にも、蒼く深く底なしのクレバスがひそんでいるのかもしれない。

これまで、僕が小説で描いてきた登場人物の多くは、芯《しん》の強い人間達だった。ひととき感傷的になったり涙したりしても、結局は前向きに走りはじめる……。それは、〈読むと元気になる小説〉をこころざしてきた僕のポリシーだった。

けれど、自分が摂食障害を起こしたあの時から、少し違う思いが僕の中に生まれはじめた。それをわかりやすく表現すれば、こうなるだろう。ガラス細工のような脆さを自分の中にかかえながらも、なんとか生きていこうとする人間の姿……。それを、恋愛小説として書けないだろうかというものだ。

そう考えはじめてから、一〇年以上が過ぎてしまった。いわゆる〈難病もの〉ではなく、誰の身にも起こり得る心の危機としての物語にするために……主人公の二人を、たとえ脆く弱いところを持ちながらも魅力のある登場人物にするために、予想をこえる月日が過ぎてしまった。

けれど、納得のできる仕上がりになったとは思う。小さな海岸町を舞台にしたこの恋愛小説が、砂浜に落ちているビーチグラスのように、淡くとも美しく光り続けてくれれば作者としては幸せだと感じている。

いつもながら、わがままな作者と根気よくつき合ってくれた角川書店の加藤裕子さん、お疲れさま。今回も美しいデザインをしてくれた角川書店装丁室の都甲玲子さん、ありがとう。

そして、この本を手にしてくれたすべての読者の方へ、ありがとう。また会える時まで、少しだけグッドバイです。

水仙の花香る葉山で　　喜多嶋　隆

〈喜多嶋隆ファン・クラブ案内〉

〈芸能人でもないのに、ファン・クラブなんて〉とかなり照れながらも、熱心な方々の応援と後押しではじめたファン・クラブですが、はじめてみたら好評で、発足して10周年をむかえることができました。このクラブのおかげで、読者の方々と直接的なふれあいができるようになったのは、僕にとって大きな収穫でした。

〈ファン・クラブが用意している基本的なもの〉

①会報――僕の手描き会報。カラーイラストや写真入りです。近況、仕事の裏話、ショート・エッセイ、サイン入り新刊プレゼントなどの内容が、ぎっしりつまっています。

②『ココナッツ・クラブ』――喜多嶋が、これまでの作品の主人公たちを再び登場させて描くアフター・ストーリーです。それをプロのナレーターに読んでもらい、洒《しゃ》落《れ》たBGMにのせて構成したプログラムです。CDと、カセットテープの両方を用意してあります。

すでに、「ポニー・テール・シリーズ」「湘南探偵物語シリーズ」「嘉手納広海シリーズ」「ブラディ・マリー・シリーズ」「南十字星ホテル・シリーズ」、さらに、「CFギャング・シリーズ」の番外篇などを制作して会員の方々に届けています。

ストーリーのエンディング・テーマは、（主に）僕がやっているバンド〈キー・ウエスト・ポイント〉が演奏しています。プログラムの最後には、僕自身がしばらくフリー・トークをしています。

③ホームページ——会員専用のホームページです。掲示板、写真とコメントによる〈喜多嶋隆プライベート・ダイアリー〉などなど……。ここで仲間を見つけた人も多いようです。

さらに、

★年に2回は、葉山マリーナなどでファン・クラブのパーティーをやります。2、3カ月に1度は、ピクニックと称して、わいわい集まる会をやっています（もちろん、すべて、喜多嶋本人が参加します）。関西など、地方でも、本人参加のこういう集まりをやっています。

★当分、本になる予定のない仕事（たとえば、いろいろな雑誌に連載しているフォト・エッセイ）などを、できる限りプレゼントしています。他にも、雑誌にショート・ストーリーを書いた時、インタビューが載った時、FMなどに出演した時などもお知らせします。

★もう手に入らなくなった昔の本を、お分けしています。

★会員には、僕の直筆によるバースデー・カードが届きます。

★僕の船〈マギー・ジョー〉による葉山クルージングという企画を春と秋にやっています。

★僕の本に使った写真をプリントしたTシャツやトレーナーを毎年つくっています。

※その他、ここには書ききれない、いろいろな企画をやっています。興味を持たれた方は、お問合せください。くわしい案内書を送ります。

会員は、A、B、C、3つのタイプから選べるようになっていて、それぞれ月会費が違います。

A——毎月送られてくるのは会報だけでいい。

〈月会費　600円〉

B——毎月、会報と『ココナッツ・クラブ』をカセットテープで送ってほしい。

〈月会費　1500円〉

C――毎月、会報と『ココナッツ・クラブ』をCDで送ってほしい。

〈月会費　1650円〉

※A、B、C、どの会員も、これ以外の会員としての特典は、すべて公平です。

※新入会員の入会金は、A、B、Cに関係なく、3000円です。

くわしくは、左記の事務局に、郵便、FAX、Eメールのいずれかでお問合せください。

住所　〒249-0007　神奈川県逗子市新宿3の1の7　〈喜多嶋隆FC〉

FAX　046・872・0846

Eメール　coconuts@jeans.ocn.ne.jp

※お申込み、お問合せの時には、お名前と住所をお忘れなく。なお、いただいたお名前と住所は、ファン・クラブの案内、通知などの目的以外には使用しません。

本書は、二〇〇六年四月に小社より刊行
された単行本を文庫化したものです。

水恋《すいれん》 SUIREN

喜多嶋《きたじま》 隆《たかし》

平成21年 2月25日　初版発行
令和6年 9月10日　再版発行

発行者●山下直久

発行●株式会社KADOKAWA
〒102-8177　東京都千代田区富士見2-13-3
電話　0570-002-301（ナビダイヤル）

角川文庫 15562

印刷所●株式会社KADOKAWA
製本所●株式会社KADOKAWA

表紙画●和田三造

●お問い合わせ
https://www.kadokawa.co.jp/（「お問い合わせ」へお進みください）
※内容によっては、お答えできない場合があります。
※サポートは日本国内のみとさせていただきます。
※Japanese text only

ISBN978-4-04-164645-8　C0193

◆◇◇

角川文庫発刊に際して

角川源義

第二次世界大戦の敗北は、軍事力の敗北であった以上に、私たちの若い文化力の敗退であった。私たちの文化が戦争に対して如何に無力であり、単なるあだ花に過ぎなかったかを、私たちは身を以て体験し痛感した。西洋近代文化の摂取にとって、明治以後八十年の歳月は決して短かすぎたとは言えない。にもかかわらず、近代文化の伝統を確立し、自由な批判と柔軟な良識に富む文化層として自らを形成することに私たちは失敗して来た。そしてこれは、各層への文化の普及滲透を任務とする出版人の責任でもあった。

一九四五年以来、私たちは再び振出しに戻り、第一歩から踏み出すことを余儀なくされた。これは大きな不幸ではあるが、反面、これまでの混沌・未熟・歪曲の中にあった我が国の文化に秩序と確たる基礎を齎らすためには絶好の機会でもある。角川書店は、このような祖国の文化的危機にあたり、微力をも顧みず再建の礎石たるべき抱負と決意とをもって出発したが、ここに創立以来の念願を果すべく角川文庫を発刊する。これまで刊行されたあらゆる全集叢書文庫類の長所と短所とを検討し、古今東西の不朽の典籍を、良心的編集のもとに、廉価に、そして書架にふさわしい美本として、多くのひとびとに提供しようとする。しかし私たちは徒らに百科全書的な知識のジレッタントを作ることを目的とせず、あくまで祖国の文化に秩序と再建への道を示し、この文庫を角川書店の栄ある事業として、今後永久に継続発展せしめ、学芸と教養との殿堂として大成せんことを期したい。多くの読書子の愛情ある忠言と支持とによって、この希望と抱負とを完遂せしめられんことを願う。

一九四九年五月三日

角川文庫ベストセラー

キャット・シッターの君に。　喜多嶋　隆

1匹の茶トラが、キャット・シッターの芹と新しい依頼主、カメラマンの一郎を出会わせてくれた……猫によってゆっくりと癒され、結びついていく孤独な人々の心をハートウォーミングに描く静かな救済の物語。

地図を捨てた彼女たち　喜多嶋　隆

恋、仕事、結婚、夢……人生のさまざまな局面で訪れるターニングポイント。迷いや不安、とまどいと闘いながら勇気を持ってそれぞれの道を選び取っていく女性たちの美しさ、輝きを描く。大人のための青春短編集。

みんな孤独だけど　喜多嶋　隆

誰もがみな孤独をかかえている。けれど、だからこそ自然と心は寄り添う……。都会のかたすみで、南洋の陽射しのなかで……思いがけなく出会い、惹かれ合う孤独な男と女。大人のための極上の恋愛ストーリー！

かもめ達のホテル　喜多嶋　隆

湘南のかたすみにひっそりとたたずむ、隠れ家のような一軒のホテル。海辺のホテルに集う訳あり客たちが心に秘める謎と事件とは？　若き女性オーナー・美咲が彼らの秘密を解きほぐす。心に響く連作恋愛小説。

恋を、29粒　喜多嶋　隆

あるときは日常の一場面で、またあるときは非日常の空間で――恋は誰のもとにもふいにやってくる。その続きはときに切なく、ときに甘美に……。様々な恋のきらめきを鮮やかに描き出した珠玉の恋愛掌編集。

角川文庫ベストセラー

夏だけが知っている　喜多嶋 隆

父親と2人暮らしの高校1年生の航一のもとに、腹違いの妹がやってきた。素直で一生懸命な彼女を見守るうち、兄の心は揺れ動き始める……湘南の町を舞台に描く、限りなくピュアでせつないラブストーリー。

7月7日の奇跡　喜多嶋 隆

友人の自殺のため、船員学校を休学した雄次は、ある日、ショートカットが似合う野性的な少年に出会う。だがひょんなことから彼の秘密に気づき……海辺の町を舞台に、傷ついた心が再生する姿を描く感動作。

潮風キッチン　喜多嶋 隆

突然小さな料理店を経営することになった海果だが、奮闘むなしく店は閑古鳥。そんなある日、ちょっぴり生意気そうな女の子に出会う。「人生の戦力外通告」をされた人々の再生を、温かなまなざしで描く物語。

潮風メニュー　喜多嶋 隆

地元の魚と野菜を使った料理が人気を呼び、海果が一人で始めた小さな料理店は軌道に乗りはじめた。だがある日、店ごと買い取りたいという人が現れて……居場所を失った人が再び一歩を踏み出す姿を描く、感動の物語。

潮風テーブル　喜多嶋 隆

葉山の新鮮な魚と野菜を使った料理が人気の料理店。オーナー・海果の気取らず懸命な生き方は、周りの人々を変えていく。だが、台風で家が被害を受けた上、思いがけないできごとが起こり……心震える感動作。

角川文庫ベストセラー

ゆっくり十まで　新井素子

温泉嫌いな女の子、寂しい王妃様、猫、熱帯魚、消火器……個性豊かな主人公たちの、いろんなカタチの「大好き」を描いた15編を収録。短時間で読めて楽しめる、可愛くて、切なくて、ちょっと不思議な物語。

絶対猫から動かない　(上)(下)　新井素子

50歳を過ぎ、両親の介護のため仕事を辞めた大原夢路。ある日を境に、電車に閉じ込められる奇妙な夢を見るように。そこには人の生気を吸う謎の生物「三春ちゃん」がいた。SF界の名手による新たな代表作！

ドミノ　恩田陸

一億の契約書を待つ生保会社のオフィス。下剤を盛られた子役の麻里花。推理力を競い合う大学生。別れを画策する青年実業家。昼下がりの東京駅、見知らぬ者同士がすれ違うその一瞬、運命のドミノが倒れてゆく！

ユージニア　恩田陸

あの夏、白い百日紅の記憶。死の使いは、静かに街を滅ぼした。旧家で起きた、大量毒殺事件。未解決となったあの事件、真相はいったいどこにあったのだろうか。数々の証言で浮かび上がる、犯人の像は——。

チョコレートコスモス　恩田陸

無名劇団に現れた一人の少女。天性の勘で役を演じる飛鳥の才能は周囲を圧倒する。いっぽう若き女優響子は、とある舞台への出演を切望していた。開催された奇妙なオーディション、二つの才能がぶつかりあう！

角川文庫ベストセラー

メガロマニア　恩田　陸

いない。誰もいない。ここにはもう誰もいない。みんなどこかへ行ってしまった——。眼前の古代遺跡に失われた物語を見る作家。メキシコ、ペルー、遺跡を辿りながら、物語を夢想する、小説家の遺跡紀行。

ドミノin上海　恩田　陸

上海のホテル「青龍飯店」で、25人（と3匹）の思惑が重なり合う——。もつれ合う人々、見知らぬ者同士がすれ違うその一瞬、運命のドミノが次々と倒れてゆく。恩田陸の真骨頂、圧巻のエンタテインメント！

空から降る一億の星　北川悦吏子

女子大生殺害事件を発端とする殺人事件で出会う、コック見習い役の木村、刑事役の明石家、妹役の深津。失われた記憶のパズルが合わさり、思いも寄らない真実が浮上する。北川ドラマの新境地のノベライズ！

オレンジデイズ　北川悦吏子

就職活動中の櫂は、耳の不自由なバイオリニスト、沙絵と出会う。同じ大学の3人を加え、5人で「オレンジの会」を結成。忘れられない青春の日々は、友情が恋に変わる季節でもあった。ドラマノベライズ。

たったひとつの恋　北川悦吏子

傾きかけた船の修理工場の息子・神崎弘人は、横浜のジュエリーショップのお嬢様・月丘菜緒と出会う。冷たくかじかんだ弘人の心は菜緒の真っ直ぐな笑顔に溶けていくが、ふたりを引き裂く事件が起こり……。

角川文庫ベストセラー

恋に似た気分　北川悦吏子

「恋」や「青春」についてのエッセイの依頼がやってくるのは、恋愛ドラマの女神様だから。各誌に書き綴った「恋愛」についてのエッセイをまとめました。「恋」の失敗や涙は、思い出や物語に変わるのです。

ロマンス小説の七日間　三浦しをん

海外ロマンス小説の翻訳を生業とするあかりは、現実にはさえない彼氏と半同棲中の27歳。そんな中ヒストリカル・ロマンス小説の翻訳を引き受ける。最初は内容と現実とのギャップにめまいものだったが……。

月魚　三浦しをん

『無窮堂』は古書業界では名の知れた老舗。その三代目に当たる真志喜と「せどり屋」と呼ばれるやくざ者の父を持つ太一は幼い頃から兄弟のように育つ。ある夏の午後に起きた事件が二人の関係を変えてしまう。

白いへび眠る島　三浦しをん

高校生の悟史が夏休みに帰省した拝島は、今も古い因習が残る。十三年ぶりの大祭でにぎわう島である噂が起こる。【あれ】が出たと……悟史は幼なじみの光市と噂の真相を探るが、やがて意外な展開に！

ののはな通信　三浦しをん

ののとはな。横浜の高校に通う2人の少女は、性格が正反対の親友同士。しかし、ののははなに友達以上の気持ちを抱いていた。幼い恋から始まる物語は、やがて大人となった2人の人生へと繋がって……。